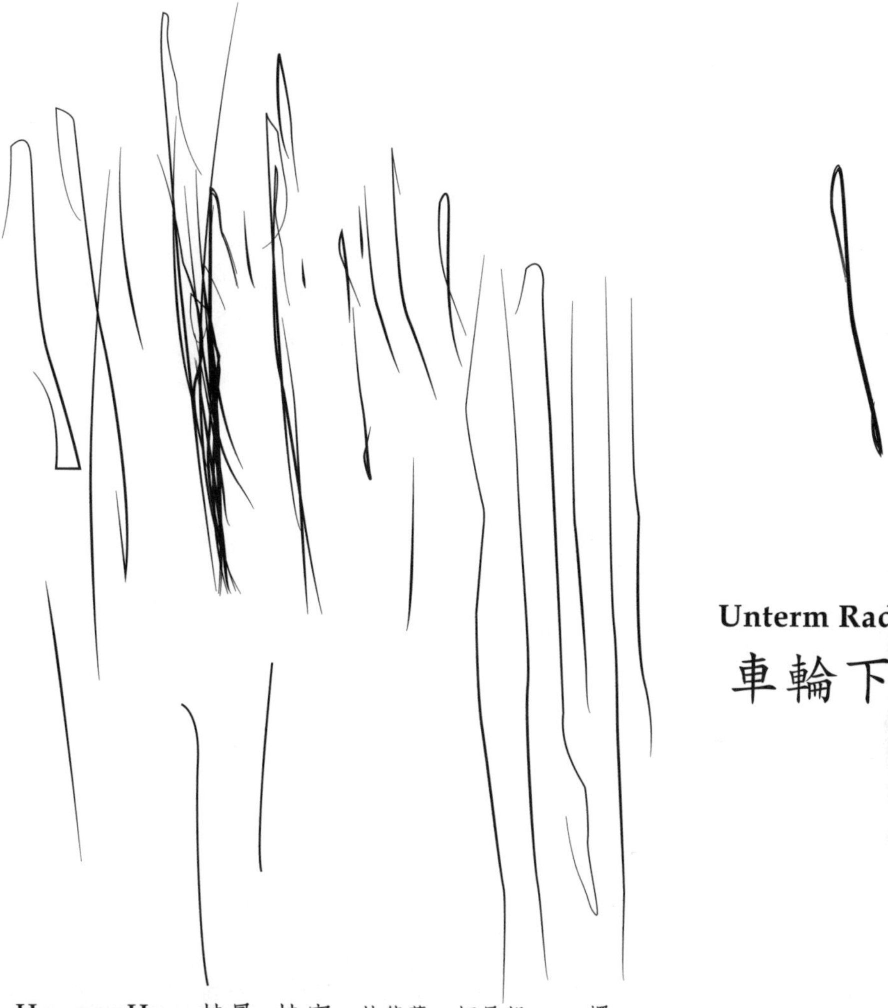

# Unterm Rad

# 車輪下

Hermann Hesse 赫曼·赫塞　林倩葦、柯晏邾——譯

# 關於《車輪下》，他們這麼說……

李欣頻（作家）

一本赫塞的《車輪下》，帶我走出灰暗高壓的聯考青春期。

有一天，我讀到赫曼赫塞的《車輪下》，這本書救了我，赫曼赫塞擺出一種戰鬥的姿勢，站在少年的立場，強烈批判當時的社會以及不人道的教育制度，而我就是那個飽受摧殘，逃離學校的孤獨少年漢斯。但是漢斯死了，替代我死了，我內心的暴風雨慢慢平息，平安的從車輪下逃生，一直到現在。

## 周惠玲（文學研究者）

重讀《車輪下》，彷彿與十七歲的自己重逢。

那時我正在南部某明星女子高中就讀，為了全力拚聯考，寄宿在學校隔壁的修道院，每日的生活節奏是：清晨時從修道院走到學校，夜晚從學校回到修道院，對了，中午則跨過馬路到學校對面的天主堂用餐；在極少數的週末裡，會沿著鄰近的愛河的某一座橋走到另一座橋，再繞回來，同時不敢浪費時間地默背英文單字或國文課文。

在那個「千萬不可鬆懈下來，否則會掉到車輪底下去」的歲月裡，我一方面艱難地維持著車輪上的笨拙身姿，另一方面，狂愛著赫曼赫塞和紀伯倫的作品，尤其是這本《車輪下》，它同時也成為我探索世界的地圖，因為它而進一步去讀了《查拉圖斯特拉》，然後是尼采、叔本華，努力想弄懂生命是什麼、存在的意義。年少的我絲毫不關心這些書這些作家有多了不起，只明白在書中看見了自己，被它所撫慰、所療癒。很僥倖地，沒有成為另一個漢斯・吉本拉特。

如今我成為教師，看著這一代的年輕學生，依然在巨大的車輪上奮力求生，甚至比當年的我們更加艱困。我不知道可以怎麼幫助他們，但我希望每個人身邊至少可以擁有一本《車輪下》。

**楊　照**（作家）

《車輪下》寫的是僵化的教育和環境，如何扼殺了一個天才，讓這個天才最後成了行尸走肉。這本書非常地可惜，其實遠比《徬徨少年時》容易讀，而且這本書在描述父母、家庭的壓迫與學校的不知變通上，應該可以引起當年台灣成長中的小孩更高度的同感、更有共鳴。很不幸的，它的書名《車輪下》不夠迷人，我真想把「徬徨少年時」書名搬過來，那這本書就會很紅、會有很多人看到。就可能會有很多人想要打倒老師、打倒僵化的家庭制度、想要革命，在台灣社會產生不一樣的效果。（引自〈高貴的流浪心靈——重讀赫曼赫塞〉）

Hermann Hesse Unterm Rad

# chapter

# 1.

專職仲介和代理生意的約瑟・吉本拉特不具長才，也無怪癖，與同城市民沒什麼區別。一如其他人，他有著寬廣健壯的身材，經商能力差強人意，熱中追求實實在在得來的錢財。不僅如此，他還有一小棟花園洋房、在公墓裡有一塊家族墓地、擁有一份看似開明卻流於虛假的虔誠信念，對上帝和當權者適度地尊崇、對中產階級那些鐵紀般的戒律法規盲目地奉承。他偶爾會喝個幾杯，但從不曾喝醉。另外，他也從事一些不無爭議的生意，但絕不超出法令的規定。他罵窮一點的人叫窮光蛋，嘲笑有錢些的人叫擺闊。他是市民協會的會員，每週五去「飛鷹」餐館參加保齡球賽，此外，每逢鎮上的烤麵包大日、美食試吃和香腸湯品嘗大會，他也都會出席。工作的時候他抽廉價香菸，飯後和星期天則抽好一點的。

他的內心世界就像非利士人[1]那樣平庸古板。他的情感早已化成灰燼，剩餘的不過是傳統、頑固的家庭觀念，以兒子自豪的虛榮和偶爾對窮人施惠的興致。他的才智僅限於在某些事物上與生俱來的狡猾和算術能力。他只閱讀報紙，除此之外一年觀賞一次市民協會業餘劇團的年度演出，偶爾也會看場馬戲團表演，滿足自己對藝術饗宴的需求。

即使他與任何一個鄰居調換名字和房子，也不會帶來任何變化。就連他靈魂的最深處，對種種超群的能力和人物所抱持的一貫猜疑，以及出於嫉妒而對一切獨特、更自由、更精緻、有思想的事物產生本能的敵意，也與同城其他所有父親一樣。

關於他，說到這裡也就夠了。只有喜於諷刺的人，才有辦法描述他這種平淡無奇的生活及其所帶來的不自覺的悲劇。但是，這個男人有名獨生子，我們這裡要講的是他的事。

漢斯·吉本拉特無疑是一位天才兒童；光是看他和其他孩子相處時所展現的聰明、突出的舉止，便可得到充分證明。這個位在黑森林區的小城鎮從來不曾孕育出這樣的人物，這裡還不曾出現一位能跨出狹隘世界，具有遠見、有影響力的人士。天曉得，這名男孩究竟從哪

1非利士人源自巴勒斯坦西南海岸的一個古國，在此用來形容思想古板、才智平庸的人。

兒遺傳到那種嚴肅的眼神、聰明的腦袋以及機智的態度？也許是他的母親吧？她已過世多年，當年在世時，總是一副體弱多病、憂心忡忡的模樣，除此之外，大家對她並無任何特別印象。若說是遺傳自父親，那就更不可能了。因此，這可真像是一顆神祕之星，從天而降地落到這座古老的城鎮；雖說這個城鎮在八、九百年間曾造就不少精明能幹的市民，但還不曾孕育出一個天賦異稟的人才呢。

凡受過現代教育訓練的觀察者，若把病弱的母親和這個歷史悠久的家族聯想在一起，一定會認為這種過度聰慧的現象是家族開始衰退變質的徵兆。不過，很幸運的是這個城鎮沒有這樣的觀察家，只有在公職人員和教員中一些比較年輕、機靈的人曾從雜誌文章隱約獲知有關「現代人」的消息。你毋需知道查拉圖斯特拉[2]的言論，照樣可以在這裡當個有文化教養的人生活著；這個小城裡的婚姻關係堅貞且多半美滿幸福，整個生活模式依然停留在無可挽救的過時面貌。那些生活優裕的市民——他們之中有些人在過去二十年裡從工匠變成工廠老闆——在公職人員面前，雖然會向他們脫帽表達恭敬之意，想跟他們打交道，但私下都罵這些公務員是窮光蛋和文書僕人。令人奇怪的是，這些市民最大的心願卻是把兒子盡可能送去念大學，盼他們未來可以當公務員。可惜這種想法幾乎只是個無法實現的美夢，因為他們的孩子多半讀得很吃力、還一再留級，才能勉強從拉丁文學校畢業。

漢斯·吉本拉特的天賦毋庸置疑。老師、校長、鄰居、城裡的牧師、同學，大家一致認為這名男孩很聰明，簡直異於常人。這也因此決定了他的未來。因為，在施瓦本[3]這個地區，除非來自富裕家庭，否則資優男孩唯一一條可走的窄路，就是通過聯邦考試進入神學校，從那裡再進入圖賓恩新教修道院，畢業後不是當傳教士就是做老師。此區每年都有三、四十名男孩踏上這條平穩又安全的道路；在公費的資助下，這些削瘦、用功過度、剛受過堅信禮的男孩，不斷地學習古代文化各式不同的知識，八、九年後再進入人生道路的第二個階

2 查拉圖斯特拉（Zarathustra, 約 628B.C.~551B.C.），古波斯祆教的先知和創始人。該宗教在基督教誕生之前對中東和西亞具有相當大的影響力。但此處應指德國哲學家尼采（1844~1900）借用他的名字以闡發自己的超人哲學思想的著作《查拉圖斯特拉如是說》一書。

3 施瓦本是德國的民族之一，亦是地理區域名稱，位於德國西南部。

段——多半也是更漫長的階段，在這個階段，他們必須償還曾經接受的國家資助。

再不到幾個星期，就將舉行「聯邦考試」，在這個被稱為一年一次大獻祭的考試中，「國家」要選出國內的年輕菁英。考試的地點是在本邦首府，考試期間，無數來自城市和鄉村的家庭成員朝著首府方向，發出緊張的嘆息聲、祈禱和祝福，期盼他們的子弟考試順利。

漢斯．吉本拉特是這個小城派去參加這場嚴厲競試的唯一考生。這當然是莫大的榮耀，不過這榮耀可不是憑空得來的。他每天下午四點放學後，隨即得去校長那邊上額外的希臘文課，晚上六點城裡那位好心的牧師幫他複習拉丁文和宗教課；另外，每週兩次，晚飯過後去數學老師那裡上一小時的輔導課。在希臘文科目，除了不規則動詞，主要還得學習運用小品詞[4]連接句子的各式不同表達方法。在拉丁文方面，他必須學習簡潔明瞭的書寫風格，尤其得熟悉韻律學的細膩之處。數學課的主要學習重點是複雜的比例式運算法則，誠如老師經常強調的，乍看之下，這些數學內容好像對未來的學習和生活並不重要，其實不然，它們是很重要的，甚至比有些主要科目更具有影響力，因為它們能訓練邏輯能力，奠定基礎，方能進行清晰、客觀、有效的思考。

為了不讓這孩子的腦力過度負荷，同時顧及他的性情不致因智能訓練而被忽略並受損，漢斯獲准每天早晨上學前一個小時去聽堅信禮課。在這個課堂中，年輕人得以經由布倫茨[5]的教義問答書，透過激勵式的熟記和背誦那些問題與回答，讓心靈注入一股虔誠生命的清新氣息。可惜他自行破壞了這可以使自己恢復精力的課程安排，剝奪了原本可以從中獲得的恩賜：他把寫有希臘文和拉丁文生詞或習題的紙條偷偷藏在教義問答書裡，幾乎整堂課都在研究這世俗的知識。但是他畢竟還有良知，知道這種行為是不對的，因此內心時時掛著不安與些許的憂慮。每當教區的教長走近他或叫他的姓名時，他都嚇得心驚膽顫。若要他回答問題，他則緊張到額頭出汗，心跳加快。但是他的回答卻十分正確，就連發音也非常精準，教區的教長尤其重視發音這個要點。

4 小品詞也稱質詞，是不屬於任何有詞形變化的語法詞類的功能詞。
5 布倫茨（Johann Brenz, 1499~1570），德國新教改革者。

白天裡各個課堂所累積下來要寫的或該背誦、複習和預習的功課，漢斯都是夜晚時分在家裡柔和的燈光下完成的。他的班導師認為，這種籠罩在和諧幸福的家庭氣氛中、安靜的自習方式，能讓學習更加深刻並帶來成效。通常每個星期二和星期六，他都自習到晚上十點鐘，其他日子則要到十一、二點，有時甚至更晚。父親對他這樣無節制地消耗燈油不免有點怨言，但是看到兒子如此勤奮學習卻又感到自豪與滿意。其他的空閒時間以及星期天——這畢竟佔了我們生命中七分之一的時間——大家強力推薦他閱讀一些校內沒有讀過的作家作品並複習文法。

「學習當然要有節制！要有節制！每星期散步一兩次是必要的，而且會有意想不到的效果。天氣好的話，也可以帶本書到戶外去——你會發現，在戶外清新的空氣下學習是件多麼輕鬆愉快的事。總之，要提起精神來！」

於是漢斯盡可能地打起精神，從現在起，連散步時也在學習。他帶著一張睡眠不足的臉、發黑的眼圈和疲憊不堪的雙眼，靜默地、被驅趕似地到處閒逛。

「你認為吉本拉特怎麼樣，他有辦法通過考試吧？」有一次班導師這麼問校長。

「當然、當然。」校長興奮地說：「他的腦子很聰明，您只要看看他就知道了，他的樣子簡直超脫凡俗。」

在最後這一週，他超脫凡俗的模樣更為明顯。那俊秀嬌嫩的孩童臉上，一雙深陷、不安的眼睛正閃爍著憂鬱的光芒；他漂亮的額頭上，有些細微、流露出智慧的皺紋抽動著，而原本就顯瘦削細弱的胳臂和雙手垂在身旁，那優雅無力的姿態，令人憶起波提且利[6]的畫作。

考試的日子終於到來。明天一早漢斯就要跟父親到斯圖加特參加聯邦考試，證明自己是否夠格擠進神學校的窄門。他正在向校長辭行，「你要答應我，」離別時，這位令人敬畏的學校負責人用異常溫和的口吻說：「今天晚上不要再苦讀了。明天你必須精力充沛地前往斯圖加特。你現在去散步一個小時，之後準時上床睡覺。年輕人一定要有足夠的睡眠才行。」

---

6 波提且利（Botticelli, 1445~1510），義大利文藝復興初期的畫家，最有名的作品有《春》《維納斯的誕生》、以及但丁的神曲插圖等

校長沒有發表長篇大論的訓話，而是給他許多關懷，這點讓漢斯大為訝異，他鬆了一口氣地走出校門。在傍晚炎熱的日照下，高大的椴樹散發出無精打采的微光。市集廣場上的兩座大噴泉水花飛濺，閃閃發光。越過一排排高低錯落的屋頂，可見到不遠處由藍黑色冷杉樹覆蓋的山巒。漢斯突然有種感覺，似乎自己已經很久沒有見到這一切，於是乎，此刻的情景在他眼裡顯得格外美麗動人。他的頭痛雖然仍持續著，不過，至少今晚他不需再挑燈夜戰了。

他慢慢晃過市集廣場，走過古老的市政廳，穿過市場小巷，經過刀匠鋪來到老橋。他在橋上來回閒逛了一會兒，最後坐在寬闊的欄杆上。過去這好幾個星期、好幾個月以來，他每天路過這裡四次，卻從來沒有瞥過橋邊的哥德式小教堂一眼，也沒有看看河、水閘、堤堰和磨坊，更別說戲水區的草地以及垂柳林立的河岸了。製革廠一家挨著一家矗立在河岸兩邊。這條河的水很深，碧綠、平靜宛如一座湖，細瘦彎曲的柳條直垂入水裡。

此刻他又想起，自己曾經在這裡度過多少個日子，以前有多常來這兒游泳、潛水、划船和釣魚啊！啊，說到釣魚，現在他幾乎已經荒廢、忘記要怎麼釣了。去年為了準備聯邦考試，他被禁止釣魚，為此他曾經哭得很傷心。釣魚！這可真是他漫長的學生生活中最美好的一項活動啊！站在稀疏的柳蔭下，從附近磨坊的攔河壩傳來的潺潺流水聲，河水既深又靜！河面水光千變萬化，長長的釣竿輕輕搖晃，在魚兒上鉤，拉動釣線時，內心有多麼激動！當手裡抓著一條冰涼、肥大、尾巴還在甩動的魚時，那份喜悅是多麼奇妙呀！

他曾釣到一些活蹦亂跳的鯉魚，也釣過白魚和觸鬚白魚，還有美味的丁鱥及色彩豔麗的真鱥。他望著河水許久。看到河彎整片翠綠的景象時，他帶著傷感陷入沉思，覺得那種美好、自由、粗野的童年歡樂已經離他如此遙遠。他不由自主地從口袋裡掏出一塊麵包，捏成大大小小的球狀，扔進水中，看著它們往下沉，被魚兒吞食。嬌小的金線魚和鯽魚搶先游了過來，貪婪地吃光小麵包球，還圍繞著那些大塊的麵包打轉，並用嘴撞擊。然後有一條體型較大的白魚小心緩慢地游過來，隱約可見牠那深色的寬脊背。這條白魚從容不迫地繞著這些麵包塊轉來轉去，接著突然張開圓嘴一口把麵包吞下肚。一股溼熱的香氣從流動滯緩的河水中升了上來，幾片白雲模糊地映照在綠色水面上，磨坊裡的圓鋸吱吱作響，兩座堤壩交錯地發出冷靜且低沉的沙沙聲響。漢斯想起不久前舉行堅信禮的那個星期天，當莊嚴感人的儀式正在進行時，他發現自己內心竟然在默誦一個希臘文動詞。這種思想紛亂的現象最近也時常出現；他在學校常常分心，無法把注意力集中在當下的考試，而老是想到以前考過的或以後要考的試。

聯邦考試應該會順利的！

他心不在焉地站了起來，猶豫著到底該去哪裡，這時，一隻有力的手抓住他的肩膀，一個男人親切地叫喚著他，嚇了他一大跳。

「你好，漢斯，跟我一起散散步，好嗎？」

是鞋匠師傅弗萊格。以前漢斯偶爾會在晚上去他家玩，但已經很久沒去了。漢斯一面跟他走著，一面漫不經心地聽這位虔誠的敬虔主義派[7]教徒講話。弗萊格提到了考試，祝他考試順利，為他打氣加油。不過，弗萊格談話的最終目的是要告訴他，考試這種東西，說穿了不過是表面的形式和偶然的運氣。落榜並不丟臉，即使是成績再好的學生也有可能名落孫山。萬一他真的榜上無名，就想想上帝對每個人都自有安排，會指引他們走向自己的道路。

面對他，漢斯的內心其實有點過意不去。他很敬重鞋匠這個人，以及他那令人印象深刻的穩重舉止。然而，當他聽到別人大開敬虔主義派教徒的玩笑時，自己也經常昧著良心跟著一起笑。此外，他也為自己的懦弱感到羞愧；他擔心鞋匠提出尖銳的質問，因此已經小心翼翼地躲避他好長一段時間了。自從漢斯成了老師們引以為傲的對象、自己也變得有點自滿後，弗萊格師傅便經常用奇怪的眼神看著他，試圖挫挫他的銳氣。正處於青春反抗期的漢斯對任何會傷到自尊心的事特別敏感，也因此他的心靈與這名善意指引的鞋匠漸行漸遠。此刻他跟著這名講道人走著，卻不知道在身旁的這個人有多憂心且關心他。

他們在皇冠巷遇到城裡的牧師，鞋匠嚴肅且冷淡地跟他打了招呼就急忙離開，因為牧師屬於新派人物，大家都說，他甚至不相信基督復活這件事。牧師和漢斯一起走。

---

7 敬虔主義是十七世紀末興起的一個基督教新教派，強調衷心的宗教獻身精神，道德純潔，慈善活動和牧靈神學，而不是聖禮或教條的精確。

「你好嗎?」他問:「考試的日子終於到了,你應該很高興吧。」

「是的,我好高興。」

「那麼,你要好好考哦!你知道我們全都對你寄予厚望。我希望你的拉丁文能考得特別好。」

「要是我落榜的話,怎麼辦?」漢斯小心地問。

「落榜?」牧師聽了相當吃驚。他停下腳步,說:「你根本不可能會落榜,根本不可能!真是胡思亂想!」

「我只是說,萬一……」

「不會的,漢斯,不會的,這點你完全可以放心。好了,代我向你爸爸問好,你可要對自己有信心啊!」

漢斯目送牧師離開,然後回頭往鞋匠的方向望過去。鞋匠剛才說了什麼?他說,拉丁文考好考壞沒關係,重要的是為人要行得端坐得正,並敬畏上帝,他說得倒簡單。現在牧師又是怎麼說的！要是落榜，那就根本沒臉見他了。

他沮喪地拖著腳步回到家，走進斜坡上的小花園。花園裡有一間久未使用、已經腐朽的小木屋。以前他曾在那裡搭了個小木棚，養了三年的兔子。去年秋天，為了準備考試，兔子被帶走了。他不再有娛樂消遣的時間。

他也有好長一段時間沒來到花園了。那間空蕩蕩的小木屋看起來破舊不堪，圍牆角落的鐘乳石堆已經倒塌，木製的小水輪車破裂變形，閒置在水管旁邊。他想起以前自己雕鑿組裝這些東西的時光，那曾為他帶來許多樂趣。這不過才兩年前的事——感覺卻非常遙遠。他撿起小水輪車，把它彎過來，完全折斷，然後扔到籬笆外面。扔掉這個東西，反正這一切都早已結束，成為過去了。這時，他突然想起他的同學奧古斯特。奧古斯特曾幫他做水輪車和修兔棚，他們經常在這裡玩一整個下午，打彈弓、追貓、搭帳蓬、拿生的胡蘿蔔當午後點心吃。可是後來他開始準備考試，奧古斯特則在一年前離開學校去當技工學徒，之後他們只見過兩次。當然，奧古斯特現在也沒有多餘的空閒時間了。

雲層的陰影匆匆掠過山谷，太陽就快下山。有那麼一瞬間，男孩很想撲到地上放聲大哭。可是他沒有這麼做，而是從工具房拿出一把短柄小斧頭，揮動纖瘦的小手臂把兔棚砍得粉碎，木條飛濺四散，釘子被砸彎得嘎吱作響。眼前出現了一些已經腐爛的兔飼料，那是去年夏天留下來的。他把這一切砍得稀巴爛，彷彿這樣可以把他對兔子、對奧古斯特、對舊往童年的一切眷戀全部抹滅似的。

「喂、喂、喂、喂，到底是怎麼回事？」父親從窗口那邊喊過來：「你在那裡做什麼？」

「劈柴。」

漢斯沒對父親多作解釋，而是扔下斧頭，穿過院子，跑進巷子，然後沿著河岸向上游走。在釀酒廠外頭繫著兩艘木筏，以前他也經常乘坐木筏順流而下漂行許久，在夏天炎熱的午後，河水拍擊著木筏的木頭發出聲響，這樣的漂流讓他既興奮又昏昏欲睡。他踩著在水上漂浮晃動的木材跳過去，躺在一堆柳條枝上，試著想像木筏正在河上漂行，時快時慢地經過草原、農田、村莊和陰涼的森林邊緣，穿過橋下和開啟的水閘。他躺在木筏上，一切彷彿又回到往日時光，那時他在卡弗山上割要給兔子吃的草，在河邊製革廠的花園中釣魚，不會頭疼，也沒有憂慮。

他疲累又懊惱地回家吃晚飯。對即將出發去斯圖加特考試的這趟旅行，父親感到相當緊張不安，他多次問漢斯，書是否帶齊、黑色西裝有沒有放妥、旅途上要不要溫習文法、身體舒不舒服等等。漢斯的回答簡短而尖刻。這晚他吃得不多，很早就上床睡覺。

「晚安，漢斯，好好睡哦！明天早上六點鐘我會叫醒你。你沒有忘記『那本』辭典吧？」

「沒有，我沒有忘記『那本』辭典。晚安！」漢斯連燈也沒點地在房裡坐了好久。到今天為止，聯邦考試為他帶來的唯一好處就是——有了這間屬於自己的小房間，他是房間的主人，不會受到干擾。他曾在這裡與疲勞、瞌睡和頭痛對抗，埋頭苦讀凱撒、色諾芬[8]的作品，研習文法、字典和數學習題，熬過漫漫長夜，堅韌不拔，執拗倔強，汲汲追求功名，但

---

8色諾芬（Xenophon，約 430B.C.~355B.C.），古希臘著名的歷史學家、哲學家和傳記小說家。他也是古希臘哲學家蘇格拉底的學生之一，著有《希臘史》《長征記》和《蘇格拉底言行錄》等書。

也經常處於絕望邊緣。在這裡，他也擁有過對他而言比錯失掉的嬉戲時光更有價值的時刻，這些時刻充滿驕傲、陶醉和勝利的信心。在這種夢幻般的奇妙時刻中，他拋開了學校、考試和一切，幻想並憧憬自己躋身高尚人士的圈子。在那當下他籠罩在一種狂妄、歡欣的預感中，自以為和那些臉蛋圓胖、性情開朗的同學真的有所不同、比他們高明，有朝一日或許將可居高臨下地傲視他們。就連此刻，他深深吸了一口氣，彷彿這個小房間中的空氣變得更自由、更清爽了。他坐上床，在夢想、希望和預感之中沉醉了幾個小時。那明淨的眼瞼慢慢地垂在過度疲勞的大眼睛上。眼瞼再次睜開，眨了一下，然後又闔上。男孩蒼白的臉龐側靠在瘦削的肩上，細瘦的雙臂疲倦地伸展開來。他沒更衣就睡著了，睡眠如慈母的手般輕輕撫平他童心中的洶湧波濤，也抹去他美麗額頭上的細紋。

這是前所未有的事。校長先生不顧早起的辛勞，親自到火車站送行。吉本拉特先生穿著黑色禮服，那興奮、高興又自豪的心情讓他根本靜不下來；他緊張兮兮地在校長和漢斯身邊轉來轉去，並接受站長和全體車站員工的祝福，祝他們一路平安、祝他兒子金榜題名。他那只小小的硬皮箱一下子提在左手，一下子提在右手。那把雨傘一會兒夾在腋下，一會兒又夾在雙膝之間，以至於掉到地上好幾次，每次都得放下皮箱去撿雨傘。不知情的人還當他是到美國旅行，而不是去斯圖加特。他的兒子表面上看起來很平靜，其實內心害怕到快要窒息。

火車進站停了下來，旅客紛紛上車，校長揮著手，漢斯的父親點了一支香菸，城鎮和河流隱沒在下面的山谷之中。這趟旅行對他們倆來說是種折磨。

到了斯圖加特，父親忽然又充滿活力，一副開心、和藹可親且善於交際的樣子；他的心如劉姥姥進城般地興奮。漢斯則變得更安靜、更膽怯，見到城市的景象後，他的心情相當壓抑；一張張陌生的臉孔、過於富麗堂皇的高聳房屋、漫長又令人疲憊的道路、公共馬車[9]以及街上的喧囂聲都讓他感到畏懼和痛苦。他們下榻在姑媽家中。在那裡，陌生的房間、姑媽

9 在輕軌電車發展之前，人們使用馬、騾等動物拖拉車廂，做為公共交通工具。

的親切和健談、漫無目的的久坐閒聊、父親永無止盡的鼓勵話語，這一切把漢斯弄得筋疲力竭。他拘謹、不知所措地坐在屋內。面對這個不熟悉的環境、看著姑媽以及她那種城裡人的梳裝打扮、大花紋壁紙、桌上的擺鐘、牆上的圖畫或是窗外嘈雜的街道，他有種被徹底拋棄的感覺，好像自己已經離家好久，且之前努力習得的知識也早已忘得一乾二淨。下午，他原本想再複習一次希臘文的小品詞，但是姑媽提議去散步，那一瞬間漢斯似乎在內心看到一片綠色草原、聽到樹林的颯颯聲，於是欣喜地答應了。然而他很快就發覺，在這個大城市裡，即使是散步，也是與家鄉完全不同的娛樂方式。

爸爸要去城裡拜訪朋友，所以漢斯單獨跟姑媽出門。在樓梯間馬上就發生令人厭煩的事。他們在二樓遇到一名身材肥胖、態度傲慢的女人，姑媽向她行了個屈膝禮，那個女人立即滔滔不絕地聊了開來，這一耽擱就是十五分鐘。漢斯站在一旁，靠著樓梯的欄杆，那個女人的小狗在他身邊嗅來嗅去，還對他吠了幾聲，他隱約感覺到她們也在談論他，因為那名陌生的胖女人一再透過夾鼻眼鏡從頭到腳地打量他。他們剛走到街上，姑媽就走進一家店鋪，待了好一會兒才出來，漢斯則羞怯地站在街上，被路過的行人擠到一旁，還被街巷的孩童嘲弄了一番。姑媽從店裡出來時，遞了一塊巧克力給他，他很有禮貌地道謝，即使他並不愛吃巧克力。他們在下一個街口坐上公共馬車。車上滿載著乘客，鈴響聲不曾間斷，馬車馳過一條又一條的街道，他們終於來到寬敞的林蔭大道和公園。公園裡的噴水池正在噴水，圍起來的花圃百花盛開，人工池塘裡有許多金魚游來游去。他們與來來往往的散步人群擦肩而過，他們看見許多不同的臉孔、高雅且款式多樣的服裝、腳踏車、病人坐的輪椅和兒童推車，他們聽到嘈雜的人聲，呼吸著灰塵瀰漫的熱空氣。最後，他們和其他人坐在一張長長的木凳上。姑媽幾乎從頭到尾嘰哩呱啦地講個不停。這會兒，她嘆了一口氣，慈祥地對漢斯笑笑，催他吃巧克力。可是，他並不想吃。

「天哪！你該不會是不好意思吧？沒關係，你儘管吃，快吃！」

於是他拿出那一小塊巧克力，花了好一陣工夫撕開錫箔紙，咬了一小口。他根本就不喜歡吃巧克力，卻不敢對姑媽說。他在嘴裡吸吮那一小口巧克力勉並強嚥下去，這時姑媽突然在人群裡看到一個熟人，連忙奔了過去。

「你就坐在這裡，我馬上回來。」

漢斯鬆了一口氣，趁這機會把巧克力扔到遠處草地上，然後兩隻腿有節奏地搖來晃去，注視著來來往往的行人，覺得自己實在很不幸。最後他又開始背誦不規則變化的動詞，但讓他驚嚇的是，他幾乎什麼也記不得了，全都忘了！而明天就要上考場！

姑媽回來了，並帶來一個消息，據說今年有一百一十八名考生參加聯邦考試，錄取名額是三十六人。漢斯聽到這消息震驚不已，在回家的路上不發一語。到了家他就犯頭疼，一點胃口也沒有，情緒沮喪，以至於被父親狠狠訓了一頓，連姑媽也覺得他很討人厭。夜裡，他睡得很沉卻惡夢不斷。他夢見自己和一百一十七個考生坐在考場，主考官一會兒長得像家鄉的牧師，一會兒又像姑媽，在他面前放了一大堆巧克力要他吃。當他邊流淚邊吃著巧克力時，看見其他人一個接著一個站起來，穿過小門走了出去。他們都吃完了自己的巧克力，而漢斯的那堆卻變得愈來愈多，佈滿整張桌子和板凳，彷彿要悶死他似的。

隔天早上，漢斯喝著咖啡，眼睛直盯著時鐘，擔心自己會遲到。就在這個時刻，家鄉小鎮裡有許多人正惦念著他。首先是鞋匠弗萊格，他在早餐桌前禱告，全家人連同助理和兩名學徒都圍站在桌子前。除了每天的晨禱詞，鞋匠今天還添加了這些話：「啊，主啊！也請您保佑漢斯．吉本拉特這名學生，他今天參加考試，祈求您賜給他祝福和力量，讓他有一天能成為公正的佈道者，宣揚您的聖名。」

城裡的牧師雖然沒有為他祈禱，但在早餐時對妻子說：「漢斯．吉本拉特現在去考試了，他將來一定會出人頭地的；他會成為大家注目的對象，這麼看來，我幫他輔導過拉丁文也算是有所貢獻！」

班導師在上課前對同學說：「現在，在斯圖加特舉行的聯邦考試已經開始，讓我們一起祝福漢斯．吉本拉特。老實說，他並不需要我們幫他祈禱，因為你們這些懶惰蟲根本就不是他的對手。」全校學生幾乎人人都在想這位缺席的同學，尤其是那些以他能否錄取來打賭的人。

代他人祈求的真誠禱告和衷心的關懷往往能輕易越過長長的距離，在遠方奏效。漢斯也感受到了家鄉親友的惦念。他在父親的陪伴下，心怦怦跳地進入考場。他害羞且驚恐地聽從監考助理的指示，像犯人進入拷問室般地環視這間坐滿了臉色蒼白考生的大考場。接著主考教授走進來，要求大家肅靜，然後開始考拉丁文修辭練習的文章聽寫，這時漢斯鬆了一口氣，他覺得考題真是簡單。他以飛快的速度且幾乎是興高采烈的心情構思草稿，然後從容不迫且乾淨俐落地把文章謄寫到另一張紙上。他是最先交卷的考生之一。後來他找不到回姑媽家的路，在酷熱的街道上迷路遊蕩了兩個小時，不過這並沒有影響他內心再度恢復的平靜。他甚至很高興可以逃離姑媽和父親一會兒。他閒逛著，穿越一條條陌生、喧嘩的首府街道，感覺自己有如大膽的冒險家。最後他藉由問路，好不容易回到家時，一連串的問題朝他蜂擁而上：

「考得怎麼樣？題目難不難？你都會寫嗎？」

「題目很簡單，」他得意地說：「那些我在五年級時就會翻譯了。」

他有如餓鬼般吃飯。

下午他沒事。父親拉他一起去拜訪一些親朋好友。在一位親友家，他們遇到一名身穿黑色衣服、來自葛平恩的靦腆男孩，他也是來參加聯邦考試的。大人讓孩子們自個兒玩，兩個男孩害羞又好奇地觀看對方。

「你覺得拉丁文題目怎麼樣？很簡單，對不對？」漢斯問他。

「太簡單了。不過，愈簡單愈容易出錯，因為大家會粗心大意，而簡單可能就是陷阱。」

「你認為是這樣？」

「那當然，出題的老師又不是笨蛋。」

漢斯聽了有些吃驚，他沉思了一下，然後膽怯地問：「你的文章還在嗎？」

那個男孩拿出本子，兩人一起把全文仔細閱讀一遍。葛平恩來的這個孩子好像很精通拉丁文，至少他使用了兩個漢斯未曾聽過的文法用語。

「明天考什麼？」

「希臘文和作文。」

然後葛平恩來的這個孩子問漢斯他們學校有幾個人來應考。

「就只有我一個，沒其他人。」漢斯說。

「喔，我們葛平恩來了十二個，其中有三個非常聰明厲害，大家都期待他們名列前茅。去年的榜首也是葛平恩人。——如果沒考上，你準備讀高中嗎？」

上高中這件事還不曾談過呢！

「我不知道……不，我想不會吧。」

「是嗎？不管怎樣，我是一定要讀大學的，即使這次沒考上，我媽媽會讓我去烏爾姆讀書。」

這場談話帶給漢斯極大的衝擊。十二名葛平恩考生以及其中三人絕頂聰明這個訊息讓他感到恐懼，如果沒考上，他真的就沒臉見人了。

一回到家，他坐下來，把帶mi的希臘動詞又複習了一遍。拉丁文他很有把握，一點也不擔心。但是希臘文的情況就不同；他喜歡希臘文，幾乎可說是迷戀，但只是對閱讀著迷，尤其是色諾芬的書寫那麼優美、生動、活潑，念起來明朗、悅耳又有力，思路敏捷、自由，一切讓人易懂。然而一碰到文法或是要他把德文翻譯成希臘文時，他就彷彿走進一座文法規則和形態變化彼此對抗的迷宮中，好像自己才剛剛學習外語、連希臘字母也不會念，心生擔憂和膽怯。

隔天的考試真的是先考希臘文，接下來考德文作文。希臘文的考題相當多，而且一點也不容易，作文題目很難寫，容易有文不對題的情形。從十點鐘起，考場變得又悶又熱。漢斯沒有好鋼筆，他謄寫希臘文答案時，寫壞了兩張紙。考作文時，他碰到一個最棘手的情況，鄰座一名膽大無恥的考生把問題寫在紙上塞給他，還用臂肘碰他，催他回答。考試時嚴禁與鄰座交談，一旦被發現此等情事，考試資格將立即取消，毫無通融餘地。漢斯嚇得直顫抖，他在紙條上寫下「不要煩我」，然後不再理會那名考生。天氣是那麼悶熱，連那位堅持固定巡視考場、毫未停歇的監考教授也不得不拿出手帕擦了好幾次臉。漢斯穿著厚厚的堅信禮西裝，熱得汗流浹背，頭也痛了起來。最後他很難過地交了考卷，覺得裡面犯了很多錯誤，這次的考試大概完蛋了。

吃飯時，他一聲不吭，面對大家的提問，他只是聳聳肩，臉上的表情有如罪人般。姑媽安慰他，但是父親很激動，情緒變得很壞。飯後他把兒子帶到隔壁房間，試圖問個清楚。

「考試沒考好。」漢斯說。

「你為什麼不專心呢？你就不能好好控制自己，集中精神來考試嗎？真是見鬼了！」

漢斯沒說話，但是當父親開始責罵他時，他漲紅著臉說：「你對希臘文根本一竅不通啊！」

最糟糕的是，下午兩點鐘他還有口試，這是他最害怕的。他走在熾熱的街上，感到相當不舒服，煩惱、恐懼和頭暈，這些問題壓得他幾乎睜不開眼睛。

一張綠色大桌子後面坐著三位老師，漢斯在他們面前坐了十分鐘，翻譯了幾個拉丁文句子，並回答提問。

然後，他又在另外三位老師的面前坐了十分鐘，翻譯希臘文，並回答各式各樣的問題。最後，老師要他講一個希臘文的不規則動詞過去時態，他卻答不出來。

「您可以走了，走那兒，右邊的門。」

於是他朝那邊走，剛走到門口，突然想起這個過去時態。他停了下來。

「您走吧，」老師對他說：「出去呀！難道您哪裡不舒服嗎？」

「不是，我突然想起了那個過去時態。」

他向著房裡大聲說出那個詞。看見有一位老師在笑，他滿臉通紅的衝出門外。後來他試著回想那些問題和自己的回答，但思緒很雜亂。浮現在他腦海裡的老是那張綠色的大桌子，那三位年老、嚴肅、穿著禮服的老師，那本攤開的書和自己放在書上顫抖的手。天哪！他到底答了些什麼呀！

他穿過街道，覺得自己彷彿已在這裡待了好幾個星期，而且回不去了。家中的花園、長滿碧綠冷杉的山丘、河邊的釣魚處等等，這些情景似乎離他相當遙遠，就像是多年前發生的事。哦，如果今天就能回家該有多好！繼續待在這兒根本沒有意義，反正聯邦考試已經考砸了。

他買了一個奶油麵包，為了不要聽父親嘮叨，整個下午都在外頭閒晃。當他回來時，發現大家都在為他擔憂。他看起來筋疲力盡、虛弱不堪，他們給他一碗蛋花湯喝，然後要他去睡覺。明天還要考數學和宗教，考完他就可以上路回家。

隔天上午的考試進行得相當順利。漢斯覺得這簡直是捉弄人，今天的考試這麼順利，而昨天考主科的運氣卻那麼糟。反正無所謂了，現在要做的就是趕快離開，回家去！

「考試結束了，我們可以回家了。」他對姑媽說。

他的父親今天還要留在這裡，因為他們要去坎斯達特，在那裡的溫泉療養公園喝咖啡。但是漢斯苦苦哀求，父親只好答應讓他獨自先回家。他們送他上火車，給了他車票，姑媽吻了他一下，還幫他準備了吃的東西。於是他拖著疲憊的身軀、腦袋放空地坐著火車，穿過綠色的丘陵地帶往家鄉駛去。當深藍色的冷杉山巒出現在眼前時，漢斯才終於感到一種如釋重負的喜悅，他很高興即將能再見到老女僕、自己的小房間、校長、再熟悉不過的低矮校舍，以及其他種種事物。

幸好在車站沒遇到任何好奇心重的熟人，他趕忙提著小行李袋回家，完全沒有引起別人的注意。

「斯圖加特好玩嗎？」老女僕安娜問道。

「好玩？你大概以為考試是件好玩的事吧？回到家才讓我開心呢！爸爸明天才回來。」

他喝了一碗新鮮牛奶，把掛在窗前的泳褲拿下來，跑了出去，但並不是朝大家游泳的戲水區草坪跑去。

他跑到離城鎮很遠的「瓦葛」去，那裡的河水很深，且緩緩流經兩岸高大的灌木叢。他在那裡脫下衣服，先用手、再用腳探探冰涼的水，他打了一個寒顫，然後迅速跳進河裡。他逆著遲緩的流水慢慢往前游，感覺這幾天的汗水和恐懼似乎隨著水流一一消逝。當冰涼的河水擁抱著他瘦弱的身體時，他的心靈也重拾新的喜悅擁抱這個美麗的家園。他游得稍快，休息一下，又繼續游，感受到一股舒服的涼意與倦意。他以仰式順流而下漂游，傾聽那一群繞圈飛行、形成金黃色隊伍的晚蠅發出的細微嗡嗡聲，仰望著傍晚的天空，敏捷的小燕子交錯飛過，即將消失在群山後面的夕陽映紅了整片天色。當他穿上衣服、帶著幻思漫步回家時，山谷已被蒼茫的暮色籠罩。

他經過商人薩克曼家的花園。很小的時候，他曾經和一些孩子在這裡偷摘過未熟的李子。他也經過基西納的木工場，這裡到處堆放了白冷杉木條，從前他常在那些木條下面尋找釣魚用的蚯蚓。他也經過葛司勒警探的小房子，兩年前他在溜冰時非常想向他的女兒愛瑪表達愛意。她是這個城鎮最秀氣、最漂亮的女學生，年紀和他一樣。當時他的唯一心願就是能跟她說說話或是握個手。但這個願望始終未能實現，原因是他太害羞了。從那之後，愛瑪被送去寄宿學校讀書，漢斯幾乎不記得她的長相了。而現在他又想起這些童年往事，彷彿這些故事來自遙遠的地方，它們有著如此強烈的色彩，具有如此充滿預感的奇特香氣，是他的其他經歷所不曾有過的。那段日子真是美好！那個時候，每到傍晚他們就會去納修德家找麗瑟，在她家門前削馬鈴薯、聽故事；星期天一大早，他把褲子捲得高高的，提心吊膽地在下堤堰那邊捉蟹或捕魚，事後穿著溼答答的節日禮服挨父親一頓打！那時出現過許許多多神祕且奇特的人事物——這些事他竟然已有很長一段時間沒再回想——例如：那名脖子變形的小鞋匠施特羅麥耶，大家都確知是他毒死了自己的老婆；還有那位手拿棍棒、帶著背包遨遊整個行政區的傳奇人物「貝克先生」，從前他很有錢，擁有過四匹馬拉的豪華馬車，所以大家都稱呼他「先生」。他只記得這些人的名字，至於曾經發生什麼事，他早已忘了。他依稀感覺到自己已經失去了這個陰暗、狹小的巷弄世界，至今卻沒有出現其他具有生命力、值得去體驗的事物來替代它。

隔天他還放假，所以早上睡到很晚，好好享受了自由自在的悠閒生活。中午他去車站接父親，父親的心還洋溢著斯圖加特之旅的歡樂。

「如果你考上了，我就送你想要的東西，」他高興地說：「想想看你要什麼吧！」

「不用、不用，」漢斯嘆著氣說：「我一定考不上。」

「你這個笨蛋，你怎麼了！趁我還沒反悔之前，趕快想想吧！」

「我想在暑假期間再去釣魚，可以嗎？」

「好。只要你考上，就可以去。」

隔天，星期天，下起大雷雨。漢斯待在他的小房間裡，看書並沉思了好幾個鐘頭。他再次仔細回想自己在斯圖加特的考試情況，得出的結論依舊是，自己真是太倒楣了，否則可以考得更好。唉，無論如何是考不上了。該死的頭痛！不斷增強的恐懼感壓得他的心愈來愈沉重，最後他在極度憂慮的驅使下到父親那裡去。

「爸爸！」

「什麼事？」

「我想問你事情，跟我想要的東西有關，我想，我還是不去釣魚吧。」

「哎，怎麼現在又改變心意了？」

「因為我……嗯，我是想問問，我能不能……」

「你快說吧，別吞吞吐吐的！你說，到底要什麼？」

「要是我沒考上，能不能去讀高中？」

吉本拉特先生聽了大為驚愕。

「什麼？高中？」他突然大吼說：「你要去讀高中？是誰給你出的這個主意？」

「沒有人。我只不過這樣想想罷了。」

漢斯臉上露出相當恐懼的表情，但是父親完全沒注意到。

「去、去、去，」他勉強笑著說：「你可能是緊張過度了。讀高中！你大概以為我是有錢的商業顧問吧！」

他猛搖手表示拒絕，漢斯只好放棄請求，失望地走了出去。

「這個孩子！」父親在他背後氣憤地罵著：「什麼餿主意！他現在竟然想去讀高中！根本就是作夢。」

漢斯在窗台上坐了半小時，凝視著剛剛清潔過的地板，他試圖設想，假如進不了神學校、讀高中、上大學的話，會是怎麼樣的情況。他會被送去乳酪店或事務所當學徒。要真是如此，那他一輩子注定變成平庸粗俗的窮人，這種身分可是他非常瞧不起也絕對不想要的。他俊俏聰明的書生臉龐突然扭曲成一副充滿憤怒和痛苦的怪相。他氣忿地跳起來，吐了口水，抓起放在一旁的那本拉丁文讀本，用力往離他最近的牆壁扔去，然後朝雨中跑了出去。

星期一早上他去上學。

「你好嗎？」校長握住他的手問道：「我本來以為你昨天就會來找我！考得怎樣？」

漢斯垂下了頭。

「怎麼了？考得不好嗎？」

「對，我想我考得不好。」

「唉，要有耐心啊！」這位老校長安慰他：「我想今天上午就會從斯圖加特傳來消息。」

這個上午真是長得可怕，沒有任何消息傳來。吃午飯時，漢斯緊張痛苦到幾乎什麼也吃不下。

下午兩點鐘，他走進教室時，班導師已經在那裡了。

「漢斯．吉本拉特。」他大聲喊道。

漢斯走向前去。老師跟他握手。

「恭喜你，吉本拉特，你以第二名的成績錄取了。」

教室裡突然一片肅靜。然後門打開，校長走了進來。

「恭喜你。現在你有什麼話要說？」

漢斯又驚又喜，整個人都呆住了。

「咦，你怎麼都不說話呀？」

「早知道的話，」他脫口而出：「我可能也可以考個榜首。」

「好，你回家去吧！」校長說：「把這個消息告訴你爸爸。你可以不用來上學了，反正再過一個星期就要放假了。」

漢斯昏昏沉沉地往街上走去，他看到直挺挺的椴樹和陽光照耀下的市集廣場，一切一如往常，但此刻這一切卻變得更美，更有意義，更令人喜悅。他考上了，而且還是第二名！當最初的歡樂喜悅感褪去後，他的內心滿懷感激。現在他可以不用躲避城裡的牧師了。有書可以念了！更不需擔心會被送去乳酪店或事務所了！

還有，現在他可以再去釣魚了。他回到家時，父親正巧站在門口。

「發生什麼事了？」父親不加思索地問。

「沒什麼大事，他們要我回家來。」

「什麼？為什麼呢？」

「因為現在我是神學校的學生了。」

「啊，天哪！你考上了？」

漢斯點點頭。

「成績好嗎？」

「我考了第二名。」

父親根本沒料到他會得這個名次，不知該說些什麼才好，只是不斷地拍著兒子的肩膀，邊笑邊搖著頭。然後他張開嘴好像想說什麼，卻又什麼也沒說，只是再度搖搖頭。

「太厲害了！」最後他大聲說，然後又講了一次：「太厲害了！」

漢斯衝進屋內，直奔樓梯爬上閣樓，用力打開放在空蕩蕩的屋頂閣樓裡的一個壁櫥，在裡面翻找，把各式各樣的盒子、線團和軟木都拿了出來。這些是他的釣魚工具。現在得先削一根好釣竿，於是他下樓找父親。

「爸爸，把你的小刀借給我。」

「你要做什麼？」

「我要去切一根樹枝，釣魚要用的。」

爸爸把手伸入口袋。

「喏，」他高興而大方地說：「這兩馬克給你，你自己去買一把刀吧！但是不要去跟漢弗利買，去那邊的刀鋪買。」

漢斯飛奔出門。刀鋪老闆問他考試的事，獲知他考了好成績，拿出一把上等的刀給他。河的下游，在布呂爾橋的橋下長了許多又修長又美麗的赤楊和榛樹灌木。他在那裡挑了好久，削了一根完美無缺、堅韌而有彈性的樹枝，然後趕忙跑回家去。

他面容泛紅、雙眼發亮地準備著釣具，這些事前準備工作就跟釣魚一樣讓他相當喜愛。整個下午和晚上，他都在為這件事忙碌著。他把白色、棕色和綠色的線分挑出來，仔細檢查、修補，並把一些舊的結和雜亂無章的地方解開。然後試了各種形狀、不同大小的軟木和羽毛管，甚至重新再削了一些。為增加線的重量，他把小鉛塊敲成輕重不等的圓球狀，上面還鑿了洞串在線上。再來是釣鉤，以前做的他還留有一些。有的釣鉤固定在四股黑色縫紉線上，有的固定在羊腸線上，有的則綁在馬鬃繩上。到了晚上，一切總算大功告成。漢斯知道，在漫長的七週假期裡，他將不會感到無聊，因為他可以帶著釣竿獨自一人去河邊打發一整天的時間。

chapter

# 2.

暑假的景致就該是這個樣子！群山之上的天空有著龍膽花般的藍色，一個又一個燦爛又炎熱的夏日，持續好幾個星期之久，激烈、短暫的雷雨只偶爾出現。河水雖然流經許許多多的砂岩、冷杉樹蔭以及狹窄的山谷，水溫卻依舊溫熱，因此人們晚上還能在這兒游泳。乾草和剛割下的草的香氣圍繞著小城。在幾片麥穀田中，一條條有如狹長帶般的作物已換上金黃色外衣。河畔茂密地長著跟人一樣高、開著白花、類似毒人參的植物，花如傘狀，上面老是爬滿細小的甲蟲，它空心的草莖可以拿來做笛子和菸斗。靠近樹林的邊緣，一長排又一長排毛茸茸、開著黃花、壯麗的毛蕊花光彩奪目。千屈菜和柳葉菜在細長而堅韌的梗上搖曳生姿，將整個山坡染成一片紫羅蘭般的紅彩。樹林裡，長得高直的紅色毛地黃莊嚴又豔麗地挺立在冷杉樹下，它們有著被覆銀白色絨毛的寬大根生葉、結實的莖以及成串鮮紅的花萼。一旁還有各種各樣的蘑菇：紅色鮮亮的毒蘑菇、厚實寬闊的牛肝菌菇、奇特的婆羅門參、紅色的珊瑚菇。這裡還有蒼白獨特、看起來虛弱卻又肥腫的松下蘭。在樹林和牧草地之間滿佈雜草的田埂上，盛開著生命力旺盛的深黃色金雀花，接著是有如紫紅色長緞帶般綻放的歐石楠，然後才是牧草地，這裡的牧草大部分就快要第二次收割了。草地上碎米薺、剪秋羅、鼠尾草、山蘿蔔生長茂密，顏色多彩繽紛。闊葉林中，蒼頭燕雀不曾停歇地唱著歌。冷杉樹林裡，紅褐色的松鼠在樹梢間奔馳。在田埂、牆上和乾枯的溝渠裡，綠色蜥蜴在溫暖夏日中快樂地呼吸，身體閃閃發亮。高亢響亮的蟬鳴傳遍草原，那鳴聲滔滔不絕，絲毫沒有倦怠之意。

小城在這個季節最富農村氣息；路上處處可見乾草車，乾草的氣味和磨鐮刀的聲響在空氣中散佈飄送。要不是城裡還有兩家工廠，大家恐怕會以為這裡只是個小村莊。

暑假第一天一大早，老安娜都還沒起床，漢斯就已經沒耐性地在廚房裡等著喝咖啡。他幫忙生火，從盆子裡拿出麵包，迅速喝完那杯用鮮奶摻涼了的咖啡，把麵包塞進口袋就跑了出去。他在鐵路路堤上停下來，從褲子口袋掏出一只圓形白鐵盒，開始認真地捕捉蝗蟲。火車經過這裡——但不是飛奔駛過，而是以一種愜意舒適的速度前行，因為這條路線的坡很陡，火車車窗幾乎全開著，乘客稀少，一縷歡樂的煙霧隨著火車駛過，在空中瀰漫飄揚。漢斯目送著火車離開，看著白色煙霧裊裊而上，隨即消逝在充滿陽光、明朗清澈的清晨天空。啊，他已有多久沒見到這種景象了！他深深地呼吸，彷彿想把失去的美好時光加倍補回來，想再一次無拘無束、無憂無慮地當個小男孩。

他帶著裝了蝗蟲的鐵盒以及新釣竿過橋去，穿過許多花園，走向馬潭——這條河最深的地方，此時他的內心充滿狂喜以及狩獵般的興致。在這裡他可以倚著柳樹、舒服且不受干擾地垂釣，再也沒有其他地方比這兒更完美了。他鬆開釣線，串上一顆小鉛球，毫不留情地把一隻肥大的蝗蟲插入釣鉤，然後用力朝河中央甩過去。這個他相當熟悉的老遊戲隨即開始：成群的小鯽魚圍聚著釣餌，試圖把釣餌從釣鉤上扯下來。很快地，釣餌被吃掉了。於是他插上第二隻蝗蟲，然後又插上一隻，接著是第四隻、第五隻。漢斯愈來愈小心地把蝗蟲牢牢插在鉤上，最後還多串了一顆小鉛球增加重量。這時總算來了第一條大魚。這條魚稍微拉扯了一下釣餌，鬆開後又拉了一次。然後牠終於咬住釣餌——有經驗的垂釣者光憑釣線和釣竿傳遞到手指的抽動就能判斷出來！漢斯迅速又短暫地猛力一拉，接著開始非常小心地往上拉。這條魚上鉤了。魚兒露出水面後，漢斯認出那是一條斜齒鯿魚。從那淡黃色光澤的寬廣魚身、三角形的魚頭，尤其是那血紅色、漂亮的腹鰭，就能辨別出牠來。這條魚有多重呢？漢斯還沒能猜出重量，魚就拚命使勁地跳動，恐懼不安地在水面上翻個滾，然後逃走了。這條魚還在水裡翻轉了三、四次，接著有如一道銀色閃電急速潛入水底，消失無蹤。這尾魚沒有咬緊釣鉤。

於是，這個釣魚人情緒激動了起來，獵魚時該有的聚精會神也被激醒。他雙眼銳利、目不轉睛地看著棕色釣線，聚焦在釣線和水面的接觸點。他的兩頰泛起紅暈，他的肢體動作簡潔、快速而確實。第二條斜齒鯿魚上了鉤，且被釣了上來，接著釣到一條小鯉魚，只釣到這樣小的魚實在有點可惜。然後，接連釣到三條蝦虎魚，這讓漢斯特別高興，因為他父親喜歡吃這種魚。這種魚的魚身肥胖、魚鱗細小，大大的頭上長著古怪的白鬚，眼睛偏小，下半身顯得細長。魚的顏色介於綠色和棕色之間，一旦冒出水中，就會變成鐵青色。

這時候，太陽已經升得很高，堤堰上面的泡沫閃爍著雪白色亮光，暖烘烘的空氣在水面上漂浮竄動。抬頭仰望，可看到幾片手掌般大小的耀眼雲朵掛在穆克山上空。天氣逐漸變熱。素淨的雲朵安詳又潔白地浮在藍天的半空中，完全沉浸在耀眼的光線裡，炫目到讓人無法久久凝視。只有這些雲朵最能展現仲夏的炎熱氣息，要是沒有它們，光是從藍藍的天空或波光粼粼的河面，根本無法察覺天氣有多熱。但是大家只要一見到午時緊聚成一團、像泡沫般的白色浮雲，便會突然感到陽光炙熱，不由得想找個陰涼的地方，用手擦掉額頭上的汗水。

漢斯漸漸鬆懈了對垂釣的注意力。他有點疲倦了。反正中午幾乎釣不到什麼魚。在這個時段，不論老少或體型大小的白魚都會浮上水面來晒太陽，牠們群聚成龐大的黑暗隊伍，貼近水面如沉思做夢般地逆水而游，有時會突然無來由地驚散。總之，這種時候牠們根本不會靠近釣竿。

漢斯把釣線掛在一根柳枝上，任它垂入水裡，自己則坐在地上望著綠色的河水。魚兒慢慢游向水面，水面上出現一道又一道暗黑的陰影——這群受熱氣吸引的魚，像被施了魔法般，安靜、緩慢地游著。牠們在溫暖的水中一定很舒服！漢斯脫掉靴子，把腳伸入表面微熱的河水中。他觀察著自己釣到的魚，牠們在一只大澆花壺裡游來游去，偶爾發出輕輕的拍水聲。這些魚多麼漂亮啊！牠們一游動，魚鱗和魚鰭就會閃爍出白色、棕色、綠色、銀色、暗金色、藍色和其他色彩的光芒。

周遭一片寂靜。幾乎聽不到任何車輛過橋的聲音，連磨坊的咯咯聲響也很隱約。只有白色堤堰不斷發出平靜、清涼、有助催眠的輕柔潺潺水聲，以及河水流經綁木筏的圓樁旁所發出的輕微拍擊聲。

在這漫長、忙碌、不得停歇的一年中所習得的希臘文、拉丁文、文法、修辭學、數學和背誦，以及一切的痛苦折磨，都在這個讓人昏昏欲睡的溫暖時刻靜靜地隱沒了。漢斯頭有點痛，卻不像以往那樣厲害。現在他總算又可以坐在河邊，看著堤堰這裡的泡沫飛濺，瞇著眼睛注視釣線，還有釣到的魚在他身旁的澆花壺裡游動。這一切是多麼美妙啊！其間，他突然想到聯邦考試已經結束而且自己還考了第二名，一思及此，他的赤腳拍打著河水，兩隻手插進褲袋裡，開始用口哨吹曲子。其實他並不會吹口哨，這件事一直讓他感到很悶，也成為同學嘲諷他的笑柄。他只能透過牙齒發出輕微的聲音，但是這種小技私底下玩玩也已足夠，反正現在又沒什麼人會聽見。此時其他人都在教室裡上地理課，只有他一個人自由自在、不用上學。他已經超越他們，其他同學都落後在他的後面。除了奧古斯特，他沒有別的朋友，加上他對同學的那些鬥毆和遊戲一點也不感興趣，因此被同學折磨得很慘。現在可是換他們得聽他使喚了，那些懶鬼，那些笨蛋。漢斯對他的同學是那麼地不屑，以至於他把口哨停了一下，咧起嘴來。然後他繞起釣線，看到釣鉤上的釣餌已被吃得精光，不由得笑了起來。他把盒裡剩下的蝗蟲放出來，這些蝗蟲昏沉沉、慢吞吞地爬進草叢裡。附近的製革廠已到午休時刻，該回去吃飯了。

吃午飯時，他幾乎沒說話。

「你釣到魚了嗎?」爸爸問。

「五尾。」

「喔,是嗎?不過,你要小心,可別釣到大魚,否則以後就沒有小魚了。」

他們的對話就到此為止。天氣是那麼熱,可惜飯後不能馬上去游泳。究竟是什麼原因?有害健康!真的有害健康嗎?答案漢斯比別人更清楚,因為以前他經常不理會禁令,偷偷去游泳。但是現在他不再這麼做了,他已經長大到不能再有這種壞習慣了。天哪,在聯邦考試時,大家還用「您」稱呼他呢!

不過,在花園裡的雲杉樹下躺個一小時倒也不賴。這裡樹蔭充足,可以看書或觀賞蝴蝶。於是他就在那裡一直躺到兩點鐘,還差點睡著了。現在去游泳吧!只有幾名小男生在戲水區邊的草地上,年紀大一點的孩子都還在學校上課,漢斯心想他們活該。他慢慢脫下衣服,然後下水。他享受著冷熱交替的游泳時刻;他一會兒游一段距離、潛水又戲水的,一會兒又臥趴在岸邊,讓很快就晒乾的皮膚享受陽光的熱情。那些小男生對他充滿敬意,悄悄地圍在他身旁。是啊！他現在可是成名了，他看起來真的跟其他人很不同。在這個被晒黑的細長脖子上面可是一顆聰明的腦袋，臉上充滿智慧，雙眼冷靜沉著。此外，他長得非常瘦削，四肢纖細柔弱，連前胸後背的肋骨都數得出來，而且幾乎沒有小腿肚。

他一會兒在太陽下、一會兒到水裡去，這樣交替玩了幾乎一整個下午。四點過後，班上大部分同學匆忙又吵鬧地跑了過來。

「哇，吉本拉特！現在你可舒服了！」

他舒服地伸展四肢，說：「還好啦。」

「你什麼時候去神學校上學？」

「九月才去，現在是放假。」

他享受著被羨慕的感覺。即使有人在他背後大聲嘲笑，他也無所謂。有個人還吟起這首短詩：

我願能像麗莎貝，
不用上學不勞累！
人家有這好福氣，
我卻只能窮嘆氣。

他聽了也只是笑笑不答話。這時，這些男生脫下衣服，有一個直接就跳進水裡，其他人則先小心地讓身體適應冷度，有些在進水前先在草地上躺一會兒。有位潛水高手獲得大夥的讚賞。一名膽小鬼被人從背後推到水裡，大聲叫嚷。他們相互追逐玩耍、跑著游著、用水潑那些坐在草地上沒下水的人。戲水聲、尖叫聲響成一片，整片河灘被這些皮膚白皙、溼淋淋、赤裸裸的身子襯托得閃閃發亮。

一個小時之後，漢斯就走了。魚兒再度上鉤的晚間溫暖時刻已經到來。一直到晚飯前，漢斯都在橋上釣魚，可惜毫無收穫，魚兒貪婪地尾隨釣竿，一眨眼魚餌就被吃掉，然而就是沒有半條魚上鉤。這次的釣餌是櫻桃，想必是太大又過軟。他決定晚點再試一次。

晚飯時，他得知已經有不少熟人前來道賀。他看到今天的週報，在「官方公告」欄裡刊登了一則短訊，上面寫著：

「本城此次僅推派一名學生——漢斯．吉本拉特——參加初級神學校之入學考試。今欣悉該生以第二名成績獲得錄取。」

他把報紙折起來塞進口袋，一句話也沒說，但內心既欣喜又驕傲，興奮得幾乎要跳起來。然後他又去釣魚。這次他帶了幾塊小乳酪當魚餌；魚兒喜歡吃乳酪，而且黃昏時也能清楚看到它。

他沒帶釣竿，只拿了很簡單的手釣工具，這是他最喜歡的釣魚方式：不用竿子也不用浮標，只拿一根釣線，即：整個釣具就只有麻線和釣鉤。這種釣魚法雖然有點辛苦，但也更有趣，魚餌的移動全都在掌握之中，你可以感覺到魚在試探和吞餌的動作，當麻線被拉扯時也能觀察魚的一舉一動，彷彿牠們就在你眼前。當然，要用這種方法釣魚，手指必須很靈巧，警覺性也必須跟偵探一樣靈敏才行。

這狹窄、深邃而彎曲的河谷早早就籠罩在黃昏的暮色中，橋下的河水深暗且平靜，下游的一座磨坊已經點亮了燈。聊天和歌唱的聲音飄越過橋上和小巷，空氣有點悶熱，河裡不時有暗黑色的魚隻突然躥出水面，在這樣的夜晚，魚群特別激動，牠們以之字形路線不停地游動，突然躍出水面，在釣線旁邊碰撞在一起並盲目地撲向魚餌。用完最後一小塊乳酪時，漢斯已經釣到四條稍小的鯉魚，明天他要帶這些魚去送給城裡的牧師。

一陣暖暖的風吹向山谷。天色已經暗了下來，但是天空還有亮光。在逐漸暗下去的小城上方，只見教堂的高塔和城堡的屋頂烏黑又清晰地聳立在明亮的天空中。偶爾聽到遙遙傳來的隆隆雷聲，遠處的某個地方大概下起了雷雨。

晚上十點漢斯上床睡覺時，頭腦和四肢是那麼地疲憊和困倦，這是許久不曾出現過的放鬆感覺。可以用來閒逛、游泳、釣魚和做夢的美妙又自由自在的夏日，正排成長長的隊伍沉靜且誘人地來到他面前。只有沒考上榜首這件事讓他很生氣。

一大早，漢斯就站在牧師家的前廊，準備送他魚。牧師從書房裡走了出來。

「啊，漢斯．吉本拉特！早安！恭喜你，衷心地恭喜你！——你帶什麼東西來啊？」

「不過就是幾條魚，我昨天釣到的。」

「哎呀！真是謝謝你。快進來吧！」

漢斯走進他熟悉的這間書房。它看上去實在不像一般牧師的書房，這裡不但沒有花香，也聞不到煙味。藏書相當多，看起來幾乎全是新裱過的燙金書背，不像在一般牧師藏書架上看到的書那般褪色、歪斜、有蟲蛀痕跡或是長滿霉斑。若進一步仔細觀察，從那些歸類整齊的書名標題上可以察覺出一種新的思想，一種不同於逐漸逝去的年代那些舊式、令人敬畏的大師思想。一般牧師的藏書珍本如：邊格爾[10]、奧丁格[11]、施坦侯弗[12]等人的作品，連同一些莫里克[13]在《高塔的風見雞》裡極力讚美的虔誠詩人的作品，這些書皆未收藏在這間書房裡，即使有，可能也是夾雜在那許許多多的現代作品中。整體看來，包括雜誌夾、高腳桌和那張到處擺滿紙張的大寫字檯，都給人博學的嚴肅印象，也讓大家有某人在此努力用功的感覺。事實上，牧師確實在這裡做了很多事；他做研究、幫學術性刊物撰稿，以及為自己的著書做準備工作，他投入這些工作的時間比花在傳教、教義問答及聖經課還多。這裡可不允許夢幻式的神祕主義和充滿預感的冥思，就連那種跨越科學深淵，懷著愛心與同情，接受大眾之需求渴望的素樸的心靈神學也被排除在外。取而代之的是，竭力對《聖經》進行批判並尋找「歷史上的基督」。

神學與其他學問並沒什麼兩樣。有一種神學，它是一種藝術。另外也有一種神學，它是一門科學或至少是努力想成為科學。從前如此，現在也不例外；科學這方經常為了新皮袋而忽略陳年老酒，無法兩樣皆保全[14]。而那些輕率地堅持某些外在荒謬的藝術家卻能撫慰人心

10 邊格爾（Johann Albrecht Bengel, 1687~1752），德國神學家暨希臘文學者，曾編輯希臘文《聖經》。
11 奧丁格（Friedrich Christoph Oetinger, 1702~1782），德國神學家。
12 施坦侯弗（Friedrich Christoph Steinhofer, 1706~1761），德國神學家。
13 莫里克（Eduard Mörike, 1804~1875），德國詩人。
14 此處文句出自《聖經·馬太福音》的第九章第十七節的典故，該節中耶穌講了一個新舊難合的比喻：「也沒有人把新酒裝在舊皮袋裡。若是這樣，皮袋也裂開了，酒漏出來，連皮袋也壞了。唯獨把新酒裝在新皮袋裡，兩樣就都保全了。」

並為他們帶來喜樂。這是批判與創造、科學與藝術之間長久以來的不平等爭鬥；批判和科學的論調雖然經常是正確有理的，但並未對人有任何益處。而創造和藝術則一再不斷地散播信仰、愛、安慰、美的事物與永恆的種子，且經常找到肥沃的土壤。因為生比死更堅強，信仰比懷疑更具影響力。

漢斯第一次坐在高腳桌和窗子之間的皮製小沙發上，牧師的態度特別友善，他以像是對待同志好友般，向漢斯描述神學校以及那裡的生活和學習情況。

「你在那裡經歷的最重要的新事物，」牧師最後說：「就是開始學習新約希臘文。它會為你開啟一個新世界，你得用功學習但也會獲得許多樂趣。一開始你會覺得學習這種語文很吃力，因為它不再是古典希臘文，而是一種新思想創造出來的新式語言。」

漢斯洗耳恭聽，為自己能夠接近真正的學問而感到自豪。

「學校對此學科的制式化教學，」牧師繼續說：「必定或多或少會削減它的魅力。此外在神學校裡，希伯來文可能會先花費你許多精神去學習。假如你有興趣，我們可以在暑假中先學一點。以後到了神學校你會很高興有時間和精力學習別的科目。我們可以一起讀《路加福音》中的幾個篇章，這樣你可以幾乎像遊戲般學習這種語言。我借你一本字典。你每天大約花個一小時，頂多兩個小時就夠了。沒必要花更多時間，因為你現在應該好好休息一番。當然這只是個提議——我可不想因此破壞你愉快的假期情趣。」

漢斯當然點頭答應。對他來說，這個《路加福音》課程有如一朵薄薄的烏雲出現在他自由快樂的晴空中，但他不好意思拒絕。再說，放假期間順便學一種新的語文，總比讀書考試好玩得多。想到以後在神學校要學許多新東西，他的內心有些恐懼，尤其是對希伯來文。

他離開牧師家，內心並非完全失望。他穿過落葉松路走向樹林。剛剛的小煩悶早已煙消雲散，他愈想愈覺得這個建議是正確的，因為他非常瞭解，自己若想在神學校名列前茅，非得下更多苦功才行。他當然想要名列前茅。但究竟是為什麼？他自己也不知道。過去三年來，大家都把注意力聚焦在他身上，老師、牧師、父親，尤其是校長，都鼓勵並督促他，沒讓他有喘息機會。從一個年級到另一個年級，他始終都是名列第一。而他自己也漸漸竭盡全力要在他人之上，不容許有人趕上自己。對聯邦考試的愚蠢恐懼感現在已經過去了。

當然，放假是最美好的。在這清晨時分，樹林看起來特別漂亮，因為除了他之外沒有其他人在此散步！雲杉並排如柱，形成一個無止境的藍綠色穹頂大廳。這裡的矮樹並不多，只是偶爾出現茂密的覆盆子樹叢，不過卻有一大片柔軟有如毛皮般的青苔地，地上長著低矮的藍莓樹和歐石楠。露水已被晒乾。筆直的樹幹之間還飄散著林中特有的晨間悶熱空氣，混雜了太陽的熱氣、露水的水氣、青苔的香氣以及松香、冷杉針葉和菌菇的氣味。它具有輕微的麻醉效果，阿諛諂媚地依偎著人們的全部感官。漢斯在青苔上躺下來，摘那些結得密密麻麻的黑莓子吃，傾聽啄木鳥到處叩擊樹幹的聲響，以及嫉妒的布穀鳥在啼鳴。潔淨的深藍色天空從黝黑的冷杉樹梢之間透視而下，遠遠望去看到的是，那許許多多筆直的樹幹排列而成的一面棕色、莊嚴的牆。有些地方可以看到一個黃色的陽光斑點溫暖又明亮地撒落在青苔上。漢斯原本想好好散個步，最起碼要一直走到呂茨勒農場或是番紅花草原那邊。此時他卻躺在青苔地上，吃著藍莓，懶散地觀望天空。他也好奇自己為何這般疲倦。以往走三、四個小時的路對他來說根本輕而易舉。他決定振作起精神來走一大段路。然而才走不到幾百步，就又躺在青苔上休息了，他也不知道為何會如此。他躺在地上，瞇著眼睛，視線徘徊在樹幹、樹梢和綠色的地面。這種空氣真讓人疲倦不已！

中午回到家，他又頭痛了，連眼睛也痛。林間小路上的陽光真是太刺眼了。下午有一半的時間他都煩悶地待在家裡，直到去游泳後才感覺神清氣爽。現在該是去牧師家的時候了。

他走在路上，被鞋匠弗萊格看到了。鞋匠正在他的鞋鋪裡，靠著窗子坐在三腳凳上，他叫漢斯進去。

「你要去哪裡啊，孩子？怎麼最近都看不到你？」

「我現在必須去牧師家。」

「還要去啊？考試不是早就結束了嗎？」

「是沒錯，現在是學別的，學《新約聖經》。因為《新約聖經》雖然是用希臘文寫的，那是種相當不一樣的希臘文，跟我以前學的不同。我現在必須學這個。」

鞋匠把帽子推到後腦勺，皺起他那善於思索的眉頭，露出深深的皺紋。他重重地嘆了一口氣。

「漢斯，」他輕聲說：「我要跟你講些事。之前你要準備考試，我一直都沒有對你說，但我現在必須提醒你。你應該也知道，這個牧師是沒有信仰的人，他會告訴你並欺騙你，說《聖經》是假的，是捏造出來的。假如你跟他學《新約聖經》，那麼你會失去自己的信仰，而且還不自知。」

「可是，弗萊格先生，這只不過是為了學希臘文而已，以後去神學校我還是得學的呀。」

「這是你的想法。但是，跟虔誠認真的老師學習《聖經》，或是跟一個不再信仰親愛的上帝的人學，那是兩回事。」

「可是，我們也不知道他是不是真的不信上帝。」

「不，漢斯，這是大家都知道的。」

「那我該怎麼辦？我已經跟他約好要去的。」

「那麼你當然得去。不過，要是他把《聖經》講成是人編造的、是騙人的，還說它不是受聖靈啟示而來的，你就來找我，我們可以談談，好嗎？」

「好的，弗萊格先生。但我想應該不至於那麼糟的。」

「到時候你就知道，記住我說的話！」

牧師還沒回到家，漢斯只好在書房裡等他。漢斯看著那些燙金的書名時，想起鞋匠師傅對他說的話。他已經有好幾次聽到這類對牧師和那些新派神職人員的意見。然而這是他首次緊張又好奇地感覺到自己也捲入其中了。他並不像鞋匠把這件事看得那麼重要及可怕，反而覺得是個探索古老偉大奧祕的機會。在剛上學的起初幾年，他曾經對有關上帝的無所不在、靈魂的永恆不變、魔鬼和地獄等問題，做過奇妙的思索，這些在後來幾年因忙於用功讀書就此打住。他在學校學的基督信仰知識只有在跟鞋匠談話時才偶爾甦醒，成為個人的東西。他想到自己拿鞋匠和牧師做比較，不由得笑了起來。他不能理解鞋匠在艱苦歲月中所形成的堅定信仰，此外，弗萊格雖然聰明，但思想簡單且片面，他的偏執受到許多人的嘲笑。在敬虔主義派教友集會上，他以嚴厲的審判官和有力的《聖經》闡釋者的面貌出席，他也會到附近的村莊教授修身課程。而平時他就只是個小工匠，和大部分人一樣狹隘。反之，牧師不僅是一位敏捷、善道的人和傳教士，還是個勤奮、嚴謹的學者。漢斯看著那些藏書，內心充滿敬畏。

牧師很快就回到家了。他脫下禮服，換上居家輕便的黑色外套，遞給學生一本希臘文版的《路加福音》，要求他讀出來。這跟上拉丁文課很不一樣。他們只讀幾個句子，仔細逐字翻譯。然後老師利用不顯眼的例子，巧妙且具有說服力地解釋這種語言特有的思想，談到這本書形成的年代和方式，在一個小時之內把一種完全嶄新的學習及讀書概念灌輸給這名男孩。漢斯瞭解到，在每一行詩句、每一個字裡都隱藏著奧祕與問題，自古以來無數位學者、思想家和研究者皆為解答這些問題絞盡腦汁。他覺得此刻自己似乎也被納入這個真理追求者的圈子裡了。

他借了一本字典和一本文法書，回家後又繼續讀了一整個晚上。現在他覺察到真正的研究之路需要翻越過多少學習和知識的山嶺才能到達，他準備去闖出一條路，絕不半途而廢。此時，鞋匠的話被遺忘了。

這門新科目花了他好幾天的時間和精力。他每晚去牧師家，一天比一天覺得真正的學識更美好、更困難、也更值得努力追求。他每天清晨去釣魚，下午去游泳，除此以外便很少出門。隱藏在對聯邦考試的恐懼和勝利之中的那份野心再度出現，如影隨形地跟著他。同時，前幾個月腦中常常感到的那種獨特的感覺又活躍了起來——那不是疼痛，而是一種脈搏加速及情緒激昂的力量共同促成的急切求勝心，一種倉促魯莽的上進心。然後頭痛的情況當然又出現。但是，只要這種狂熱持續存在，他的學習就突飛猛進，平常得花十五分鐘讀的色諾芬最難的文句，這時對他而言卻像遊戲般輕而易舉，他幾乎完全不需字典，就能以敏銳的理解力飛快並充滿喜悅地讀完好幾頁艱深的內容。隨著這種學習熱情和求知慾的高漲，他的內心產生一種自負，彷彿學校、老師和求學時代都早已遠去，他走在自己的道路上，邁向知識和能力的頂峰。

他經常有這種感覺，同時睡不安穩，常醒過來，而且做的夢特別清晰。每當晚上因頭痛醒來無法再入睡時，他就會有一種迫不及待求上進之心。而當他想起自己已遠遠超過所有同學，想起老師和校長以一種重視、甚至是讚賞的眼光看待他時，他的心便升起一股優越的自豪感。

校長見漢斯在他的激發和引導下去追求抱負且有所成長，內心充滿愉悅。誰說學校老師不帶情感，只是守舊又沒有靈魂的學究？不，未必如此，看到一個孩子長久未被激出的天分突然爆發，看到一個男孩丟棄了木劍、彈弓、弓箭和其他幼稚的遊戲，看到他開始求上進，看到大考的重要性讓一個面頰豐潤的野孩子變成聰明、嚴肅且幾乎如苦行僧般的男孩，看到他的臉變得更老練且更聰明、他的目光變得更深遠且更有目標、他的手更潔白且更安寧，看到這些變化，教師的心也隨之轉成歡喜與自豪。他的職責和國家託付的任務，是約束並根絕孩童的粗野與天生的慾望，在他們身上播下沉靜、中規中矩且國家認可的理想。要是沒有校方如此的努力，在今日那些知足市民和有上進心的公職人員當中，不知有多少人可能成為放縱、激烈的改革者或是只知冥想卻一事無成的夢想家！

人的身上存有野蠻、不守法、無教養的成分，這些首先應加以摧毀，危險的火苗也應被撲滅。自然界所創造的人是捉摸不定、諱莫如深、危險的動物，是一股從不知名的山上傾瀉而下的洪水，是一座沒有道路和秩序的原始森林。正如原始森林必須被砍伐、清除和強加限制，學校也必須摧毀、征服並強加限制這種自然人；它的任務是依照當局認可的原則，把學生教育成對社會有用的人，喚醒他本身的特質，讓這些特質藉由軍隊化的嚴格訓練達到頂峰。

小吉本拉特的成長是多麼美好啊！他幾乎自動放棄了閒逛和嬉戲，在課堂上傻笑的情況早已不再出現，同時也戒掉園藝、養兔子和釣魚的興趣。

一天晚上，校長先生親臨吉本拉特家。他對那名諂媚的父親講了幾句客套話之後，便進去漢斯的房間，看到他正在讀《路加福音》。校長親切地跟他打招呼：

「很好，吉本拉特，你又在用功了！但是你為什麼沒來找我？我每天都在等你啊。」

「我本來想去，」漢斯道歉地說：「但是我想至少也該帶一條好魚給您。」

「魚？什麼魚啊？」

「哦，一條鯉魚之類的。」

「啊，原來如此！你又去釣魚了？」

「對，但是不常釣，是爸爸同意的。」

「啊，原來是這樣。你覺得釣魚很好玩？」

「是的，很好玩。」

「好，好極了，這個假期是你辛苦得來的。你現在大概沒什麼興趣順便學點東西吧？」

「哦，不，校長先生，當然有的！」

「我可不想強迫你去做你沒有興趣的事。」

「我當然有興趣。」

校長深深吸了幾口氣，摸摸稀疏的鬍鬚，在一張椅子上坐下。

「漢斯，」他說：「事情是這樣的。依照以往的經驗，考試拿到優良成績以後，很容易突然就退步。在神學校會增加許多新科目。那時總會有一些學生——多半是入學考試成績並不是很好的學生——在假期裡已做妥準備，進了學校後，他們的成績突然大躍進，而那些在放假期間只知偷懶睡大頭覺的人則被拋在後面。」

校長又嘆了口氣。

「你在這裡的學校經常輕而易舉地拿第一名。但是到了神學校，就會發現其他同學都是些有天賦或是很用功的人，不會讓人輕易迎頭趕上他們的，你知道嗎？」

「哦，知道。」

「所以我勸你在這個假期裡先做一些準備。當然是有節制的！你現在有權利、也有義務好好休息一番。我想每天花一到兩個小時應該是最恰當的。要是不這麼做，會很容易越出常軌，事後得花好幾個星期才能再補上。你覺得這個建議怎麼樣？」

「校長先生，我很樂意這麼做，如果您願意幫我……」

「好。除了希伯來文，到了神學校，特別是荷馬會為你打開一個新世界。如果你現在能打好穩固的基礎，閱讀這部作品時就會有雙倍的樂趣和理解力。荷馬的語言、古希臘愛奧尼亞的方言連同荷馬式的韻律學都是相當有特色，別具一格的。假如你真的要好好欣賞這種文學，就得徹底努力地學習。」

漢斯當然很願意接觸這個新世界，他答應盡力而為。不過最大的問題還在後頭。校長清清喉嚨，親切地繼續說：

「坦白說，如果你能花幾個小時學數學，我會很高興的。你的算術能力並不差，不過到目前為止數學還不是你的強項，到了神學校你就得開始學代數和幾何。因此先上幾堂先修課是有幫助的。」

「好的，校長先生。」

「你也曉得，我隨時歡迎你到我那兒去上課。看到你成為優異人才，是我義不容辭的職責。但是關於數學這件事，你必須請求你的父親，讓他同意你去教授先生那裡接受個別指導，每星期大約三到四個鐘頭。」

「好的，校長先生。」

學習又再度進入高峰期。每當漢斯偶爾去釣個魚或是散步個一小時，他總是良心不安。數學老師把漢斯平時去游泳的時段拿來上課。

儘管漢斯很努力，上代數課依舊沒有樂趣可言。在炎熱的下午，不能到戲水區游泳，而必須待在教授悶熱的書房裡，空氣中滿佈灰塵和蚊子的嗡嗡聲響，帶著疲憊的腦袋，口乾舌燥地念著a加b和a減b，真是痛苦。這裡的空氣有著令人癱瘓無力甚至簡直會讓人窒息的東西，天氣不好時，則變成絕望的氛圍。他學習數學的情況相當奇特。他並不是那種會抗拒或無法理解數學的學生，他有時能得出好解題，甚至很巧妙的解題，於是覺得數學很有樂趣。他喜歡數學的原因在於，這門學科本身很單純，沒有誤會也沒有欺騙，你不可能偏離主題或是觸及一些虛假的次要領域。出於相同原因，他也非常喜歡拉丁文，因為這個語言清楚、可靠、明確，幾乎沒有曖昧之處。然而在計算題目時，即使解答都正確，他卻沒有獲得任何正確之道。他覺得做數學習題和上數學課就像走在平坦的道路上，你不斷前進，每天都能理解一些昨天還不懂的事物，但是永遠都無法登上高山欣賞更廣闊的景致。

在校長那裡上的課就比較生動一點。當然，牧師更懂得技巧，比起校長傳授的年輕荷馬式語言，牧師把《新約聖經》裡退化的希臘文教得更吸引人，更精彩。但最後還是荷馬勝出，一旦熬過最初的難關，之後就會帶來驚喜和享受，然後吸引人繼續往下學習。漢斯常常帶著急躁且緊張的心情，學習那些神祕悅耳、不易理解的詩句，迫不及待地在字典裡尋找為他開啟沉靜歡樂花園的鑰匙。

現在他的家庭作業夠多了，有幾個晚上夜深了他還坐在書桌前做作業。老吉本拉特看到兒子這麼努力而感到自豪。他的笨腦袋裡和許多見識短淺的人一樣藏著一個理想，希望見到自己的樹幹能長出一根分枝，往自己達不到的高度生長。

假期最後一週，校長和牧師突然變得特別溫和和體貼，他們停止了上課，要漢斯去散步，並強調，精力充沛且神清氣爽地迎接新生涯是非常重要的。

漢斯又去釣了幾次魚。他頭痛得厲害，心不在焉地坐在河岸旁，初秋的淡藍色天空映照在水中。他感到很困惑，為何他之前那麼期待暑假，現在反而覺得，暑假終於結束，他更期待去神學校，開始一種相當不同的生活和學習。他一副不在乎的樣子，所以幾乎半條魚也沒釣到。有一回父親對此跟他開了一次玩笑後，他就再也不去釣魚了。他再度把釣線放到閣樓的壁櫥裡。

直到最後幾天，他才突然想起自己已有好幾個星期沒去找鞋匠師傅弗萊格。即使是現在他也是勉強跑去找他。這時是傍晚，鞋匠師傅坐在客廳的窗口旁，兩個膝蓋上各坐了一個小孩。儘管窗戶是打開的，皮革和鞋油味依舊充斥整個屋子。漢斯羞怯地握了握師傅寬大粗壯的右手。

「你好嗎？」師傅問：「你有沒有認真跟牧師學習呢？」

「有，我每天都去他那裡，學了不少東西。」

「學了什麼？」

「主要是希臘文，不過也有別的各式各樣的東西。」

「所以你就不想來找我了？」

「不是我不來，弗萊格先生，而是我沒有時間呀。每天去牧師家一小時，在校長那邊兩個小時，一個星期還得去數學老師那裡四次。」

「現在不是放假嗎？這簡直沒道理！」

「我不知道，這是老師們的意思。而我也不覺得學習很難。」

「也許吧，」弗萊格說，並抓住孩子的手臂，「學習是對的，可是你看看，你這雙瘦弱的小手臂？臉也是那麼瘦削。你還會頭痛嗎？」

「有時會。」

「漢斯，這真是亂來，而且是罪孽，你這個年紀需要充分的空氣和活動，需要好好的休息。要不然放假又是為了什麼？那可不是用來蹲坐書房學習的啊。你都已經瘦成皮包骨了！」

漢斯笑了。

「好吧，你一定會熬過去的。但是這樣就夠了，再多的學習可不行。牧師那裡的課上得怎麼樣？他有沒有說什麼？」

「他說了好多東西，但根本不是什麼壞話，他的學問真是淵博！」

「他從來沒有說過對《聖經》不敬的話嗎？」

「沒有，一次也沒有。」

「那就好。我要告訴你：寧可讓身體腐敗十次，也不能讓靈魂沉淪一回！你將來要當牧師，這是個珍貴而艱難的任務，需要不同於你們大多數年輕人的人來承擔。說不定你是正確人選，未來能成為靈魂的拯救者和導師。我衷心祝福你，並將為此祈禱。」

他站起來，兩隻手堅定地搭在男孩的肩上。

「再見，漢斯，平安保重！願上帝祝福你，保佑你，阿門。」

這種莊嚴、祈禱和用標準德語講的話讓漢斯感到壓抑且難受。牧師在告別時並不是這麼做的。

這幾天就在準備行李和辭行之中，又快又急躁地過去了。床具、衣服、內衣、書籍都已經裝箱託運寄出。現在只剩手提行李要整理。在一個涼爽的早晨，父子倆動身前往茅爾布隆。離開故鄉、離開家庭到一個陌生的地方去，這種感覺奇怪且令人抑鬱。

# chapter

# 3.

熙篤會教派的茅爾布隆大修道院位於此邦西北部，坐落在樹木繁茂的丘陵和寧靜的小湖泊之間。美麗古老的建築群佔地寬廣，建築物堅實且保存完好。修道院裡裡外外建造得富麗堂皇，幾世紀以來已和四周幽靜、蒼翠的環境高雅緊密地融為一體，是個吸引人的居住地。來此參觀的人，會穿過一扇開在高聳城牆上、美麗如畫的大門，來到寬闊且非常安靜的廣場。廣場上有座隨時流動的噴泉，以及古老莊嚴的樹木。廣場的兩側佇立著古老堅固的石屋，廣場後面則出現主教堂的正面，它有個被稱為「天堂」的晚期羅馬式建築風格的前廳，優雅精緻無與倫比。教堂的高大屋頂上立著一座小鐘塔，外形如針尖，看起來幽默有趣，真不明白它如何承載得住一口大鐘。完好無損的十字形迴廊本身就是一件美麗的藝術品，中間是一座有如寶石鑲嵌在此的精緻噴泉小教堂。十字形迴廊上有一間修士餐廳，上方頂著相當高貴的十字形拱頂，經過這間修士餐廳便來到小禮拜堂，接著是談話室、一般教徒餐廳、修道院院長的住宅和兩座教堂，一座緊鄰著一座。這些宏偉又古老的建築物被美麗如畫的牆壁、凸窗、城門、小花園、一家磨坊和一些住宅環繞著，氣氛格外愜意愉快。寬闊的前院空蕩又寂靜，彷彿在睡夢中與樹木所投下的陰影一起嬉戲，只有在午飯後的一小時，這裡才出現短暫的生命假象；那時會有一群年輕人從修道院走出來，遍佈在這塊廣闊的場地上，活動一下筋骨、叫喊、聊天、談笑，有時還會打場球。時間一過，他們立刻消失得不見蹤影，跑進修道院。曾經有人站在這廣場上時內心這麼想著，這裡真是個可以盡情享受生活與歡樂的地方，必定能孕育出生動活潑、充滿喜悅的事物，也能讓成熟、優良的人愉悅地思考並創造出美好歡樂的作品。長久以來，這座莊嚴、與世隔絕、隱匿在丘陵和樹林後面的修道院已讓給新教神學校的學生使用，讓敏感的年幼心靈得以沉浸在美麗和寧靜之中。同時，也避免這些年輕人的注意力被城市和家庭生活所分心，確保他們不會受到世俗生活的有害影響。如此這些年輕人便能在幾年中把讀書視為生活目標，認真學習希伯來文、希臘文連同所有的副修科目，將年輕心靈的渴望完全放在純潔和理想的學習與享受上。在此，寄宿生活、強制進行自我教育、同儕歸屬感也是重要因素。資助神學校學生的生活費暨學習費的董事會希望藉此培養這群學生成為特殊人才，讓他們在未來隨時能被人辨識——一個優良且準確的烙印。除了極少數脫逃的頑劣子弟外，每名施瓦本神學校的學生將來一生中都能讓人辨識出他是來自這所學校。

神學校入學時有母親在場的人，畢生都會帶著感恩與歡喜的感動來回憶這一天。漢斯・吉本拉特不屬於這種情況之列，他可以不帶任何感動地忘卻這一切，不過卻得以觀察到許多其他同學的母親，因此印象特別深刻。

在寢室外面附有壁櫥的長廊上，到處堆著箱子和籃子，人們稱這裡為大寢室，由父母陪同前來的孩子正忙著打開行李、收拾隨身用品。每個人都分到一個編上號碼的櫃子、讀書室裡也有個編了號碼的書架。孩子和父母跪在地上打開行李。舍監有如國王般地在他們之間走動著，有時幫忙出點好主意。從箱子裡取出來的衣服要攤開，襯衫要摺好，書要疊起放好，靴子和脫鞋排列擺妥。每名學生帶來的主要用品都是一樣的，因為校方明文規定了換洗內衣褲的必要數量及隨身物品。學生把刻上姓名的白鐵臉盆拿出來，放到盥洗室去，海綿、肥皂盒、梳子和牙刷擺在臉盆旁邊。此外，每人還有一盞燈、一把煤油壺和一副餐具。

所有孩子都很忙碌且緊張不已，父親們面帶微笑，想試著幫忙，卻又不時掏出懷表查看時間，一副相當無聊隨時想偷溜的樣子。母親們則是整個活動的靈魂人物，她們拿起一件件外衣和內衣，抹平上面的皺紋，整理好衣服上的緞帶，細心地試了又試後，才把這些衣物盡可能整齊又實用地分別放進櫃子裡。同時囑咐、勸誡孩子一些事以及講點體貼安慰的話語。

「這些新襯衫你得特別小心愛惜，它們可是花了三點五馬克買的。」

「髒衣服每個月用鐵路貨運寄回家——如果急的話，就用郵寄。這頂黑帽子只有星期天才可以戴。」

一名神情愉快、身材圓胖的婦女坐在一只高高的箱子上，教兒子縫鈕扣。

「要是想家，」在另一處有人說：「就多多寫信吧。聖誕節離現在也沒有很久啦。」

一名還相當年輕的漂亮婦女抬頭看了兒子那個已經塞得滿滿的櫃子，愛憐地用手摸了那一疊疊的內衣、外衣和襪子。做完這些動作後，她又去撫摸她的孩子——一名肩膀寬闊、臉頰圓潤的男孩。他覺得難為情，尷尬地笑著推開她，還將雙手插進褲袋裡，以表示自己並不柔弱。離別的時刻他的母親似乎比他更捨不得。

另外一些孩子剛好相反。他們不知所措地望著忙碌的母親，似乎很希望能馬上跟母親一起回家。然而所有孩子的內心都升起離別的恐懼感和愈來愈強烈的依依不捨之情，這些情感正與那種擔心被別人識破的害羞心態、以及首度出現的男性反抗自尊心理劇烈搏鬥。有些孩子很想嚎啕大哭，卻故作鎮靜，擺出一副不在乎的樣子，母親們看到這些，不由得會心一笑。

除了生活必需品，幾乎所有人都從箱子取出一些奢侈品，例如：一小袋蘋果、一條煙燻香腸、一小籃糕點等等。許多人還帶了溜冰鞋。一名身材矮小、看起來很機靈的孩子帶來一整隻火腿，而且一點也沒有想要隱藏，於是引起大轟動。

在這些孩子當中，很容易辨別誰是首次離家、誰在寄宿學校待過。即使如此，我們依舊可以在後者身上看出激動和緊張的情緒。

吉本拉特先生幫兒子打開行李，動作敏捷且幹練。他比大多數人更早完成這件事，便和漢斯在大寢室裡無聊又無奈地站了一會兒。他看到處處有父親在告誡和教導孩子，母親給予安慰並悉心叮嚀，他們的孩子則一臉抑鬱地聆聽。於是他也覺得該送給漢斯幾句讓他人生受用的金玉良言。他考慮良久，悄悄走到這個沉默不語的孩子身旁，然後突然講起道來，並且搬出一些聖人的格言名句，漢斯對父親這番話大感訝異，他默默聽著，直到看見有位牧師站在旁邊，聽到父親說教而面露揶揄的微笑時，讓他很難為情，於是把正在訓話的父親拉到一旁。

「你會為你的家庭爭光、聽從師長的話，對吧？」

「我當然會。」漢斯回答。

父親沒再說話，他放心地吸了一口氣，開始覺得無聊。漢斯則顯得失落，他帶著不安的好奇心透過窗戶望向下面寂靜的十字形迴廊，那古色古香隱士般的莊嚴寧靜與上面這兒喧鬧的年輕氣息形成鮮明的對比，然後他羞澀地觀察那些忙著打理的同學，這些同學他一個也不認識。他在斯圖加特考試時認識的那名葛平恩學生，雖然拉丁文很厲害，但似乎並未考取，至少漢斯沒有看見他。對此他沒多想，而是仔細打量那些未來的同學。儘管所有孩子必備物品的種類和數量都是一樣的，依舊很容易區分出城市人和農家子弟以及家境的貧富。當然，有錢人家的孩子很少會來神學校念書，原因一方面是父母的高傲心態或更深一層的遠見，另一方面是考量到孩子的稟賦。縱然如此，還是有些教授和高官因懷念自己在修道院讀書的日子，而把孩子送到茅爾布隆來。於是，這四十名學生身上穿的黑色禮服的質料和式樣便有差別。舉止、方言語調和儀表的差異更大，他們之中有來自黑森林身材瘦削、肢體僵硬的孩子，或來自山上有著棕色頭髮、嘴巴寬闊、充滿朝氣的孩子，或來自平地性情開朗、舉止活潑的機靈孩子，或也有講究的斯圖加特孩子，他們穿著尖頭皮靴，操著一口走樣的、也就是被美化的方言。這些孩子當中有將近五分之一戴著眼鏡。有一個來自斯圖加特身材瘦削、幾乎稱得上高雅漂亮的媽咪寶貝兒子，戴著一頂漂亮的硬氈帽，舉止高貴優雅，卻沒料到這個不尋常的裝飾品在第一天立刻引起那些膽大同學的注意，並打算以後要戲弄他、暴力相向。心思細膩的旁觀者必定可以看出，從本邦青少年中選拔出來的這一小群膽怯的孩子確實挑選得很不錯。除了那些一眼就可看出是填鴨式教育培養出來的才智中等的學生之外，也有文弱和強壯的少年。在他們光滑額頭的後面可能半睡半醒地存在著一種更崇高的生命，或許在這些機智和倔強的施瓦本孩子當中會有那麼幾個在未來躋身上流社會，並把他們向來堅持但有點枯燥的思想變成新的、強大體系的中心。因為施瓦本人不僅為本地和世界造就出高修養的神學家，也有引以為傲的哲學思辨能力傳統，該能力已多次培育出一些可敬的預言家或邪教徒。因此，這個豐饒的地區雖然在政治傳統上遠遠落後於他區，在神學和哲學的精神領域中卻始終對世界具有舉足輕重的影響力。此外，自古以來這個地方的住民也對美的形式和幻想詩歌有所喜好，於是偶爾也出現一些堪稱出色的詩人和作家。

茅爾布隆神學校的陳設編制安排和規矩，表面上看，與施瓦本沒有絲毫相似之處。相反地，除了從過去修道院時代遺留下來的拉丁文名稱，近來還貼上古典的標籤。校方分配給學生的寢室名稱叫做：古羅馬廣場、希臘、雅典、斯巴達、衛城，而最後、也是最小的那間宿舍叫日耳曼。這分明是在暗示，大家應盡可能地在日耳曼的現實中，加上古希臘羅馬的幻想。不過這些也只是表象，實際上用希伯來文命名可能更恰當。於是出現了很有趣的巧合，例如：住在雅典室裡的並不是胸襟開闊、能言善道的學生，而是非常無趣的人；住在斯巴達室裡的也不具軍人氣質或是禁慾主義者，而是幾個貪玩又享樂的學生。漢斯．吉本拉特和其他九名學生一起被分到希臘室。

當他第一天晚上和九名同學一起踏進那間冰冷、沒有多餘陳設的寢室，躺上他那張狹窄的學生床鋪時，內心感覺十分怪異。天花板上垂掛著一盞大的煤油燈，大家就在煤油燈的紅光下換衣服，晚上十點十五分舍監來熄了燈。這時孩子們一個挨一個躺在自己的床上，每兩張床鋪的中間有一張放衣服的小椅子，柱子上垂掛著一條用來敲打晨鐘的拉繩。有兩三個本來就認識的男孩膽怯小聲地交談幾句，沒多久就靜了下來。其他人都互不相識，一個個悶聲不響動也不動地躺著。有人入睡後發出深沉的呼吸聲，也有人邊睡邊擺動著手臂，害得亞麻布的被子窸窣作響；還醒著的人則依然一動也不動，安靜地躺在床上。漢斯久久不能入睡。他聽著鄰床室友的呼吸聲，過了一會兒則聽到隔著一張床那邊傳來一陣非常令人害怕的響聲；躺在那張床上的孩子把頭蒙在被子裡哭泣，漢斯被這個似乎從遠方傳來的輕聲啜泣奇特地觸動著。他並不想家，然而想到家裡自己那間安靜的小房間，心裡不免有些難過。此外，想到未知的新事物和新同學，他也害怕不已。還不到午夜時分，寢室裡的人全睡著了。這些睡著的孩子並排地躺著，臉頰靠在條紋枕頭上，表情不管是悲傷或倔強、快樂或膽怯，全都沉浸在甜美、深沉的休憩與忘卻中。

從古老的尖頂、鐘塔、凸窗、小尖塔、城垛和有尖頂拱的迴廊的上方升起蒼白的半月。月光映照在飛簷和門檻上，流瀉在哥德式窗戶和羅馬式城門上，在十字形迴廊噴泉的高雅大圓盤中顫動著淡黃色的光芒。

淡黃色月光也穿過三面窗子照進希臘室的宿舍，和夢境一起陪伴這些酣睡中的孩子，就像以前陪伴修道院的修士一樣。

隔天，在小禮拜堂舉行隆重的開學典禮。教師身著禮服站在那兒，教務長致詞，學生學生彎腰坐在椅子上，焦慮地苦思，時而轉身偷看遠遠坐在後面的雙親。母親若有所思地掛著微笑，望著她們的孩子。父親坐姿端正，恭聽致詞，神態嚴肅且堅決。他們內心充滿自豪、高尚的情感以及衷心的希望，卻沒有一個人覺得他今天是為了金錢利益出賣了自己的兒子。典禮的最後，學生一個接一個點名叫到前面去跟教務長握手，這個儀式代表學生被學校接納並得承擔起義務。從現在起，他的表現若保持良好，直到終老都可由國家照顧供養。然而這種待遇並非平白便能擁有，沒有一個學生想到這一點，一如父親們。

對孩子而言，和父母道別比這個典禮更嚴肅且感人。有一部分家長步行、一部分坐火車、也有一部分人匆忙之中搭乘臨時找到的各式交通工具離開，他們的身影在留下來的孩子眼前消失了。揮別的手帕在九月的和風中久久地飄揚，離去的親人終於隱沒在樹林中。孩子們沉默且若有所思地回到修道院。

「好了，家長都走了。」舍監說。

現在大家開始彼此注視，相互認識一下，這一切先從同寢室的同學開始。大家灌滿墨水瓶，注滿燈油，放好書籍和練習簿，試著熟悉新環境。在此同時，每個人都好奇地相互觀望，開始交談，詢問家鄉地點，以及之前上哪所學校，還一起回顧那場讓大家汗如雨下的聯邦考試。一張張的書桌形成一個個聊天小組，孩子們爽朗的笑聲此起彼落。到了晚上，同寢室的同學之間已經比船上的旅客在航程結束時還來得熟悉。

與漢斯同住希臘室的九名同學中，有四個人格特質相當突出，其他人則或多或少屬於中上一類。首先是奧圖·哈特納，他是斯圖加特一位教授的兒子，聰明、沉靜、有自信且舉止得宜。他身材魁梧，穿著講究，行事穩健又能幹，讓全寢室印象深刻。

其次是卡爾·哈門，他來自高山，是一位小村村長的兒子。要瞭解他還得花點時間，因為他充滿矛盾，很少卸下虛假的冷漠外表。不過，一旦擺脫那副冷漠，他就變得熱情、奔放，甚至有點粗暴。然而這種情況從來都不持久，他就又恢復原來模樣。因此，沒有人知道他到底是個漠然的觀察者，或只是個膽小怕事的人。

一個並不太複雜、卻很引人注目的人物是赫爾曼．海爾訥，他來自黑森林的一個優渥家庭。第一天大家就已經知道他是詩人和文藝愛好者。據說，他聯邦考試的作文就是用六音部格律寫的。他這個人活潑健談，有一把漂亮的小提琴，他的氣質似乎一如外表，由年輕人的多愁善感和輕率混合而成的一種不成熟。可是他身上也具有外人不容易看到的更深層的東西。他的身心發展遠比實際年齡還要成熟，已經開始嘗試走出自己的道路。

但是，希臘室裡最特別的同學是艾米爾．路丘斯，他是個行事躲躲藏藏、頭髮淡金色的男孩，如老農夫般地固執堅韌、勤奮且乾扁。他的體型和面貌雖然還不夠成熟，給人的印象卻不像個孩子，反而處處顯得老氣橫秋，好像已經定型了，不可能再有任何改變。第一天，當大家都還覺得無聊、彼此閒談並努力適應環境時，他就已經泰然自若、安靜地坐著學習文法，還用大拇指塞住耳朵，那種自動自發好學的模樣，彷彿是要把失去的日子補追回來。

漸漸地大家才看穿這名沉靜的怪人，發現他是個非常狡猾的吝嗇鬼和利己主義者，正因為他坦然自在地表現出這些惡習，博得大家對他頗為欽佩或至少是容忍。他有一套詭計多端的節約暨賺錢手法，這些巧妙手法都是慢慢地施展出來，讓人感到相當驚訝。從一早起床來說，路丘斯要不是第一個就是最後一個進盥洗室，目的是為了使用別人的毛巾，可能的話也使用別人的肥皂，以此保護自己的用品。於是乎他總能讓毛巾維持在最好的狀態至少兩個星期以上。但是所有的毛巾每星期都得更換一次，每個星期一上午總舍監會進行檢查，因此路丘斯在每星期一一大早就會把一條新毛巾掛在他的編號鉤上，等到午休時再拿下來，整齊地折好放回箱子裡，然後把那條細心使用過的舊毛巾掛回去。他的肥皂很硬，不容易抹，但這樣卻能使用很久。然而艾米爾．路丘斯的外表可沒因此而邋裡邋遢，反倒是經常保持整潔乾淨，他細心地梳理並分著那頭稀薄的金髮，他的內衣和外衣也保持得很好。

盥洗之後就是早餐。早餐的內容是一杯咖啡、一顆方糖和一個白麵包。大部分人都覺得餐點不夠豐盛，因為年輕人在飽睡八個小時之後，早上總是飢腸轆轆。路丘斯對此卻很滿意，他把每天的方糖省下來，而且經常能找到買主：兩顆方糖賣一芬尼，或是二十五顆換一本練習簿。至於晚上，可想而知，他為了節省昂貴的煤油，總喜歡借別人的燈光讀書。話雖如此，他可不是窮人家的孩子，而是出自富裕家庭。貧窮人家的孩子倒很少有人會精打細算和省錢，往往有多少花多少，不懂得儲蓄。

艾米爾．路丘斯的這套手法不僅施展在私人財產和有形的物品上，連精神領域他也用得無孔不入。在這一點上他很聰明，絕不會忘記一切精神財富只有相對價值，因此他只在那些將來考試時能獲得成果的學科用功，其他學科則馬馬虎虎，拿個中等成績便已滿足。他總是以同學的成績來衡量自己的學習和成就，他寧可只是一知半解卻能考個第一名，也不願擁有雙倍的知識卻只得到第二名。因此每當同學晚上都在做各種消遣、玩遊戲、看小說時，卻可看到他安靜地坐著用功。他對別人的喧鬧聲一點也不以為意，有時甚至毫無嫉妒心地滿意地望他們一眼。因為假如別人也在用功，那他的努力豈不枉費。

沒有任何人因為他這些狡猾花招而對這個處心積慮用功的人生氣。但凡事都有個限度，做得太過分了，就有碰一鼻子灰的一天，他也不例外；由於修道院裡的課程全是免費的，於是他興起要好好充分利用這點去上小提琴課的念頭。他想學琴的動機可不是出於以前曾學過一點小提琴、或有一點音感和天分、或是對音樂有些許興趣，而是認為學小提琴就跟學拉丁文和數學沒兩樣，他聽說音樂對將來的生活很有幫助，可以讓人受歡迎和被喜愛。反正這又不花錢，況且神學校還提供一把學習用的小提琴。

當路丘斯去找音樂老師哈斯上小提琴課時，音樂老師震驚不已，因為他在聲樂課上早就見識過路丘斯的能力，他的成績雖然讓其他同學很開心，卻讓身為老師的哈斯很絕望。他試圖勸這孩子打消學小提琴的念頭，可是根本起不了作用。路丘斯只是微微謙遜一笑，聲明這是他的正當權利，並解釋自己非常嚮往音樂。就這樣，他拿到了一把最差的練習琴，每星期上兩次課，每天練半小時。但是第一次練琴之後，同寢室的同學就宣布，這是第一次也是最後一次，他們禁止他再製造這種可怕的呻吟聲。自此之後，路丘斯帶著他那把提琴，急躁地在修道院裡四處尋找可以練習拉琴的安靜角落。從他練琴的地點總是傳來嘰嘎、尖銳又像啜泣的可怕哀鳴聲響，讓附近的人聽得毛骨悚然。詩人同學海爾訥把這種聲音形容成像是一把受盡折磨的舊琴被蟲啃咬得絕望之至跪地求饒。路丘斯的琴藝絲毫沒有進步，音樂老師被他煩到內心焦慮，態度也變得嚴苛。路丘斯愈練愈沒信心，在他那張至今自己非常滿意的商販臉上冒出憂慮的皺紋。這完全是個悲劇，因為教師最後宣布他根本無可救藥，並拒絕繼續教他。於是這個熱中學習的人轉而選了鋼琴，又因此折磨自己好幾個月，最後毫無結果，直到他筋疲力盡，默默放棄為止。不過在這之後，每每提及音樂時，他就會炫耀自己以前不僅學過鋼琴，也學過小提琴，只可惜為了某種因素才逐漸疏遠了這些美好的藝術。

所以希臘室的同學經常能從滑稽的室友身上得到許多樂趣，因為就連那位文藝愛好者海爾訥偶爾也會演出可笑的場面。卡爾·哈門則扮演著嘲諷家兼詼諧觀察家的角色。他比其他人大一歲，這賦予了他某種優勢，然而他卻沒因此受到重視；他喜怒無常，大概每週都要找人打一次架，以便測試自己的體力，他打起架來很野蠻，幾近殘暴。

漢斯·吉本拉特總是以訝異的眼光觀察這一切，但僅是靜默地走自己的路，扮演和善但安靜的伙伴。他很用功，幾乎與路丘斯一樣用功，而且深受室友敬重，只有那個自詡為天才且輕浮的海爾訥對他嗤之以鼻，有時還嘲笑漢斯是個熱中追求名利的人。整體而言，儘管晚上寢室裡的廝打吵鬧聲並非稀罕景況，但這些正值迅速成長期的男孩相處還算融洽。雖然他們極其努力想讓自己有長大成人的感覺，嚴肅地學習並端正自己的品性，才不至於辜負老師用這個他們還不習慣的「您」尊稱他們。此外想起才剛離開不久的拉丁文學校，他們已經像剛進大學的大學生那般高傲又帶點同情地看待高中生。即使如此，這些男孩的頑童本性依舊不時地從矯揉造作的莊重姿態中突然爆發而出。這時候，宿舍裡就會迴盪著踩踏的聲響和男孩粗野的謾罵聲。

對這樣一種教育機構的負責人和教師而言，應該是一個具有啟發且珍貴的經驗，能觀察到例如：這些孩子經歷了前幾週的集體生活之後，就像一種正處於變化中的混合物，飄移不定的雲朵和雪片正在這個混合物裡凝聚、重新分解、進行不同的成型，直至一定數量的固定形態出現為止。克服了起初的害羞以及互相較熟識之後，他們便開始一波混亂尋覓的浪潮，彼此組成小圈子，結為好友或相互厭惡的情況也顯露出來。來自同鄉及曾經是老同學的那些人很少會結盟，多半是另尋新朋友：城市人結交農家孩子，來自高山的人跟平地人做朋友，他們的內心被莫名驅使著去追求多樣性和互補性。這些年輕人徬徨地一一進行試探，除了平等意識之外，也有渴求獨立的欲望。有些孩子在這種情況下首度脫離稚氣，開始塑造自己的個性。那種無法言喻的愛慕和吃醋的小場面層出不窮，從這裡發展為堅實的友情，或是演變成不共戴天的敵對關係，按照情形的發展，有的關係親密地結伴出遊，有的則激烈扭打和鬥毆。

表面上漢斯沒有參與這種變動，卡爾．哈門明顯又熱烈地向他招手示好，他卻惶恐地退縮了。之後哈門隨即結交一名斯巴達室的同學，漢斯則是孤單一人。一種強烈的感覺驅使他對友誼國度有著繽紛多彩的渴望，默默地吸引著他。但羞怯的心讓他畏懼不前。嚴厲、缺少母愛的童年歲月造成他不知如何與人親近，特別是對一切外在的熱情事物都感到恐懼，除此，男孩的傲氣、尤其是那份討厭的追求功名心更是阻礙。他不像路丘斯，他是真的想多學點知識。但是他又跟路丘斯一樣，排拒一切會阻礙他學習的事物。於是他堅持埋頭苦幹，但看到其他人沉浸在友誼的樂趣中，內心不免嫉妒且有所憧憬。卡爾．哈門不是正確的對象，但如果有其他人來努力拉攏他的話，他可能會願意順從。他就像個羞澀的女孩，坐著等待人家來找他，等待一個比他更強、更勇敢，並且能打動他的心、迫使他去尋找幸福的人。

除了這些事，課堂上的功課很多，尤其是希伯來文，於是最初這段時間對孩子而言消逝得非常之快。茅爾布隆周遭的許多小湖和池塘已映照出淡藍色的深秋天空，凋零的梣樹、樺樹、橡樹，以及漫長的暮色。秋冬之交的狂風橫掃著美麗的森林，發出嘆息和歡騰的聲音。這時已經降過好幾次薄霜了。

情感豐富的赫爾曼・海爾訥試圖尋找情投意合的朋友，但一直沒找到。現在他每天在准許外出的時間獨自去樹林漫步，他特別鍾愛森林之湖這個地方，那是一個看起來憂鬱的棕色池塘，周圍蘆葦叢生，湖上低垂著凋零的樹梢。這個淒涼而又美麗的林中一角深深吸引這名愛幻想的人。他可以在這兒如做夢般地用樹枝在寧靜的水中畫圓圈，讀著雷瑙[15]的作品《蘆

15 雷瑙（Nikolaus Lenau, 1802~1850），奧地利近代文學史上最著名的詩人之一。

葦之歌》，躺在低矮的燈芯草草坪上思索著死亡與消逝等這類極富秋天氣息的議題，在他思考的同時，落葉聲和光禿禿樹梢的摩擦蕭瑟聲形成憂鬱惆悵的和弦伴奏。這時他經常從口袋裡掏出一本黑色小筆記本，用鉛筆寫上一兩句詩。

十月末一個半明的中午時分，他正在享受林中時光時，漢斯．吉本拉特剛好也單獨散步到這裡。漢斯看到這位年輕詩人坐在小木閘的踏板上，腿上放著小本子，嘴裡銜著一枝削尖的鉛筆，神情若有所思。一本攤開的書就放在他身旁。漢斯慢慢走近他。

「你好，海爾訥，你在做什麼？」

「讀荷馬，你呢？小吉本拉特？」

「我才不相信，我知道你在做什麼。」

「是嗎？」

「當然。你在寫詩。」

「你認為是這樣嗎？」

「沒錯。」

「過來坐吧！」

吉本拉特坐到海爾訥身旁，雙腳懸在水面上，望著一片片棕色的葉子在寧靜、涼爽的空氣中飄落而下，無聲無響地落在泛著褐色的水面上。

「這裡真是荒涼。」漢斯說。

「是啊。」

兩人伸直身體，往後仰躺在地上，因此除了幾根下垂的枝椏外，幾乎看不到周遭的秋天景色，只看見淡藍的天空，飄浮著幾朵靜靜的雲。

「多美的雲啊！」漢斯愉快地仰望著說。

「沒錯，小吉本拉特，」海爾訥嘆息著：「假如人是這樣的一朵雲，該有多好！」

「那又怎樣呢？」

「這樣我們就能在天上隨風飛翔，飄過森林、村莊、各個區域、各個聯邦，就像美麗的船隻。你從來沒有看過船嗎？」

「沒有。那你呢，海爾訥？」

「當然有。可是，老天哪，這種事你根本不懂。你就只會讀書，求上進，死記硬背的。」

「你以為我是駱駝嗎？」

「我可沒有這麼說。」

「我才不像你說的那麼笨。不過，再多講點關於船的事吧。」

海爾訥翻了個身，差點掉進水裡。此時他俯臥在木板上，雙手拖著下巴，用雙肘支撐著。

「在萊茵河上，」他繼續說：「我見過那種船，那是在假期裡。有一次星期天，船上放著音樂，晚上還點著繽紛的燈火。燈光映照在水面上，我們聽著音樂，順流而下。大家喝著萊茵葡萄酒，女孩們穿著白色連身洋裝。」

漢斯傾聽著，不答話，但是他閉上眼睛，看見那艘船在夏夜裡航行，有著音樂和紅色的燈火，還有穿著白色洋裝的女孩。海爾訥繼續說下去：

「對，那時跟現在不一樣。這裡有誰知道這種事啊？這裡全是無聊的人，全是一些膽小鬼！他們自我放棄、自我虐待，不知道還有比希伯來文字母更崇高的東西。你也跟他們一樣啊！」

漢斯保持沉默。這個海爾訥本來就是個怪人，一個幻想家，一個詩人海爾訥已經好幾次讓漢斯覺得驚奇。大家都知道，海爾訥花非常少的時間讀書，儘管如此，知道的東西卻不少，他懂得巧妙回答問題，卻又鄙視這些知識。

「我們讀荷馬，」他繼續挖苦地說：「把《奧德賽》史詩當作一本食譜似的，一堂課讀兩行，然後逐字反覆咀嚼並探討，直到讓人覺得噁心為止。可是下課時每次都說：你們看，詩人寫得多優美，你們在此窺探了文學創作的奧祕！這只是用它來當希臘文小品詞和動詞不定過去式形態的調味醬汁，好讓我們不會窒息而死。用這種方式教學，我對荷馬可是一點興趣也沒！再說，這種古希臘的東西跟我們到底有何關係？如果我們之中有人想嘗試希臘式生活，就會被驅逐。而我們房間還叫希臘室哩！真是諷刺到極點！為什麼不乾脆把教室名為『垃圾桶』或『奴隸籠』或『大禮帽』？這些古典玩意全都是騙人的！」

他朝空中吐了一口口水。

「喂，你剛剛有寫詩嗎？」這時漢斯問。

「有啊。」

「寫什麼詩？」

「在這裡，寫跟湖和秋天有關的東西。」

「給我看看吧！」

「不行，我還沒寫完。」

「等你寫完了，給我看好嗎？」

「好啊。」

兩人站起身來，往修道院慢慢走回去。

「你看，你有沒有發現這裡多美啊？」當他們從「天堂」旁走過時，海爾訥問：「大廳、拱形窗、十字形迴廊、食堂、哥德式和羅馬式的，這一切是如此豐富且精巧，都是藝術之作。而這神奇作品又是為了什麼？就為了這三十多個未來要當牧師的可憐孩子。國家居然這麼做。」

整個下午，漢斯不得不想著海爾訥，他是怎樣的一個人呢？漢斯的憂愁和願望，這些在海爾訥的身上根本就不存在。他有自己的思想和言論，他活得更熱情、更自由。他有著古怪的苦惱而且似乎鄙視周遭一切。他理解古老圓柱與城牆的優美。他從事神祕、奇特的藝術，用詩詞來反映自己的心靈，用幻想來建造一種屬於自身、非現實的生活。他奔放不羈，一天之內講的笑話比漢斯一年說的還多。同時他也是憂鬱的，似乎在享受自己的悲哀，把它當作陌生、不尋常且珍貴的東西看待。

當天晚上，海爾訥就讓全寢室的人見識了一次他那怪誕、引入注意的性格。同學之中有個名叫奧圖·溫格的吹牛大王，他跟海爾訥吵了起來。開始時，海爾訥一直保持冷靜、機智且一副佔上風的樣子，後來一氣之下不由自主地給了奧圖一個耳光。於是這兩個對敵馬上就難分難解地激烈扭成一團，他們又咬又推的，就像一艘無舵的船在希臘室裡跌來撞去、東追西逃、撞上牆壁、翻過椅子、還滾到地上。兩個人一句話也不說，氣喘吁吁的，情緒沸騰又激動。同學們各個表情嚴肅地一旁觀望著，他們及時讓路、縮腿、移開桌子和桌燈，閃開這兩個打得起勁的人，並以看好戲的心態刺激地等待勝負揭曉。過了幾分鐘，海爾訥費力地爬起來，掙脫開來，喘氣地站著。他看起來很落魄，眼睛紅腫，襯衫領子被扯破，褲子膝蓋上也有個破洞。他的死敵還想重新襲擊他，他卻雙手交叉地站在那裡，高傲地說：「我不奉陪了——如果你還要玩，我讓你打好了。」

奧圖．溫格一邊罵一邊走掉。海爾訥靠著自己的書桌，轉動立燈，然後雙手插進褲袋裡，看起來似乎在想事情。突然間，他的淚珠奪眶而出，一顆接一顆地落下，愈流愈多。這真是令人震驚，因為對神學校的學生來說，掉眼淚無疑是最最丟臉的事。而他卻絲毫不加掩飾。他沒有離開寢室，靜靜地站在那裡，那張轉為蒼白的臉面向著檯燈；他沒擦掉眼淚，甚至手也還插在褲袋裡。其他人圍著他站著，好奇又惡意地觀看，直到哈特納走到他面前，對他說：「喂，海爾訥，你難道不覺得丟臉嗎？」

這個哭泣的人有如大夢初醒般，慢慢地環顧四周。

「丟臉？——在你們面前嗎？」然後他大聲而鄙視地說：「才不呢，親愛的朋友！」

海爾訥擦了擦臉，憤然一笑，吹熄他的燈，走出房間。

整個過程中，漢斯・吉本拉特沒有離開他的座位，只是驚訝又惶恐地偷瞄海爾訥。在海爾訥離開十五分鐘後，他才敢去追他。他在昏暗、冰冷的大寢室裡看到海爾訥坐在低矮的窗台上，一動也不動地俯視著下面的迴廊。他的肩膀和他那瘦尖的頭從背後看去顯得特別嚴肅，一點也不像個孩子。漢斯向他走去，在窗戶旁邊停下腳步。過了一會兒，海爾訥才頭也不回地、用沙啞的聲音問：

「什麼事？」

「是我。」漢斯害羞地說。

「你要做什麼？」

「沒做什麼。」

「是嗎？那你可以走了。」

這句話傷到了漢斯，就在他想掉頭離開時，海爾納卻叫住他。

「別走啊，」他用一種很不自然的詼諧語調說：「我不是那個意思。」

這時，他們彼此對視。也許這是他們第一次認真仔細地觀看對方的臉，並試著想像，在這張年輕光滑的臉孔後面居住著一個生命，這個生命具有個人特質，以及一個用自己的方式描繪的獨特靈魂。

海爾納慢慢伸出手臂抓住漢斯的肩膀，把他拉到自己面前，直到彼此的臉貼近為止。然後漢斯突然感覺到對方的嘴唇接觸到自己的嘴，讓他震驚不已。

漢斯內心有種相當不尋常的壓抑感覺。在昏暗宿舍裡的兩人獨處以及這突如其來的親吻具有冒險、新鮮、也許是危險的意義；他突然想到，要是剛好被人逮到，豈不恐怖。他確信，別人一定會覺得這個親吻比起之前海爾訥的哭泣更可笑且更丟臉。他說不出話來，血液直衝頭部，他真希望自己已經走掉了。

成年人若看到剛剛這一幕，也許會暗地欣喜，喜見他們那種互吐情誼時所表現的笨拙、靦腆的溫柔，也喜見那兩張嚴肅、細長的男孩臉龐。這兩張臉都很漂亮且富吉相，帶點一半孩子氣、一半青春期特有的羞怯、可愛的固執。

這群孩子漸漸適應了群體生活。他們熟識了彼此，並締結友誼。有些成對的朋友會一起學習希伯來文生詞，有些則一同繪畫寫生、散步或讀席勒的作品。有些人拉丁文很強但數學不通，就會跟數學好而拉丁文弱的人相互切磋，共享合作學習的成果。也有些友誼是以協議和共享所有物的方式為基礎，例如：那名令人羨慕有很多火腿可吃的學生就找了一個從施達海姆來的園丁兒子當朋友，因為他的箱底裝滿好吃的蘋果；有火腿的那名學生曾經在吃火腿時因口渴而向那個有蘋果的人要了一顆蘋果，並且以火腿做為回報。於是他們倆就一起坐著，從對談中相互探詢出，他們的火腿或蘋果若吃完，都可從家中獲得補給。也因此，兩人就建立起一種牢固的關係，這種關係比一些更理想化、更轟轟烈烈的友誼來得持久。

只有少數幾個保持獨來獨往，其中一人就是路丘斯。當時他對於藝術的追求還處於狂熱狀態。

另有一些結成對的同學其實彼此並不相配。最不相配的組合當數赫爾曼·海爾訥和漢斯·吉本拉特，他們一個輕浮、一個認真；一個是詩人，一個則熱中功名。雖然大家把他們兩個都歸為聰明人和最有天分的人，然而海爾訥只享有帶著半挖苦意味的天才之名，另外一位則實至名歸。大家也不多理會他們，因為每個人都得花時間和精力與自己的朋友相處，且一切心甘情願。

儘管這些孩子在個人興趣和體驗上花費了一些時間，但還是很認真學習。學校的功課畢竟才是重心，而路丘斯的音樂、海爾訥的詩作以及所有的結盟、爭吵或是偶爾發生的鬥毆等等，不過是一些小小的餘興罷了。希伯來文科目的功課最重。在年輕孩子的眼前，這種稀奇古老的耶和華語言有如一棵脆弱、乾枯、卻仍充滿神祕活力的樹木，正以奇特、複雜、莫測高深的方式往上生長。它那古怪的分枝令人注目，它那色彩別致且味道芬芳的花朵教人驚奇。在它的樹枝、洞穴和樹根裡，居住著駭人的或善良的千年聖靈：奇幻可怕的龍、天真可愛的童話、滿佈皺紋嚴肅且乾癟的老人頭，還有漂亮的少男、眼神沉靜的少女或是爭吵的婦人。那些在路德翻譯的《聖經》中看似遙遠且夢幻的東西，此時在未經加工的原文中又獲得血液和聲音，重新找到生命，這個生命雖然老舊遲鈍，但堅韌且教人害怕。至少對海爾訥是如此。他每天時時刻刻都在詛咒整部《摩西五經》，卻仍能在其中發現並汲取更多的生命與靈魂，比不少懂得所有生詞、也不會再讀錯別字的勤奮學生更有收穫。

其次是《新約聖經》。這本書比較溫和、光明且內心世界更豐富。它的語言雖然不那麼古老、深奧而豐富，卻充滿清新、熱情以及夢幻般的精神。

而，荷馬的《奧德賽》，詩句鏗鏘有力、勻稱流暢，宛如一隻白淨豐滿的美人魚手臂，帶領讀者去瞭解並領悟一種逝去的、形態清晰、幸福快樂的生命。這種生命時而有著鮮明的輪廓、粗獷有力的體態，讓人感到它的堅固及可掌握性；時而又只像是出自幾個字詞、幾句詩文中的夢境和美麗的靈感。相較於此，歷史學家色諾芬和李維[16]則顯得微不足道，或只能算是一盞微弱的燈光，卑微且幾乎毫無光彩。

漢斯很驚訝地發覺到，他的朋友對一切事物的看法都跟他不同。對海爾訥來說，沒有所謂抽象的事物，任何事物，他都能加以想像並且用幻想的色彩加以描繪。凡與這些沒有關連的，他就興趣缺缺擱在一旁。對他而言，數學是一頭裝載著陰險狡猾謎語的斯芬克斯[17]，他那冷酷、凶惡的目光令他的犧牲者懾服。也因此，海爾訥畏懼這頭怪物，躲得遠遠的。

他們兩人的友誼是一種奇特的關係。對海爾訥來說，它是一種娛樂和奢侈、一種舒服愜意、甚或是一種心血來潮。但對漢斯而言，它一會兒是值得驕傲的珍寶，一會兒卻又變成碩大、難以承受的負擔。以往漢斯晚上的時間都拿來學習，現在海爾訥只要書讀得厭煩了就跑來找他，幾乎天天如此；他會把漢斯的書拿開，佔據他的時間。儘管漢斯十分喜歡這位朋友，但每天晚上因為擔心他會跑來而總是心驚膽跳，於是只好在正式的課程學習時間內加倍努力，以免耽誤功課。當海爾訥也開始從理論的角度批判他的勤奮用功時，漢斯感到更加為難。

「這像是受雇做臨時工嘛，」海爾訥這麼說：「你對一切的功課都這麼用功，還不是為了老師或你的父親，根本就不是你喜歡或自願的。就算你得了第一名或第二名，那又怎樣？我雖然拿第二十名，也不見得就比你們這些好求功名的人笨啊！」

漢斯第一次看到海爾訥如何對待自己的教科書時，著實嚇了一跳；有一次，漢斯把書忘在教室裡，為了預習下一堂的地理，就借了海爾訥的地圖本，拿到地圖本時他震驚不已，因為整本地圖都被海爾訥用鉛筆亂塗一通。庇里牛斯半島的西海岸被拉成一張醜怪的側臉，臉上的鼻子從波爾多一直延伸到里斯本。非尼斯泰爾岬地區被畫成捲曲的捲髮髮飾，而聖文森角的漂亮前端被畫成絡腮鬍。地圖本的每一頁都是如此。而背面的白紙則畫上了漫畫並寫上狂妄的打油詩，上面當然也有墨水漬。漢斯一向把自己的書當神聖的寶物對待，他一方面覺

---

16 李維（Livius, 59B.C.~A.D.17），古羅馬著名的歷史學家。

17 斯芬克斯為希臘神話中的人面獅身怪物。

得海爾訥這個大膽舉動是冒瀆聖靈，另一方面又覺得這看起來像犯罪的行為，不失英雄氣概。

表面上看，這個乖乖牌吉本拉特對他的朋友來說，似乎只像是一個可愛的玩具，或像一隻家貓。漢斯自己有時也有同感。但是，海爾訥很喜歡他，因為他需要漢斯；他需要一個可以信任的人、可以聆聽他說話且欣賞他的人。他需要一個在他發表有關學校和生命的革命性言論時，能夠安靜並用熱切的眼神傾聽的人。他也需要一個可以安慰他、一個在他憂鬱不樂時能依靠的人。一如所有同類型性格的人，這位年輕的詩人正受一種無來由、有點賣俏式的傷感所苦，原因部分是童年正悄悄地離逝，部分是精力、情感和慾望過於旺盛卻又無處發洩，而另一部分則是青春期那種未被理解的神祕衝動。再來就是他有一種病態的需求，需要被同情及受寵愛。以前他是母親的寵兒，現在，他對異性的愛戀還沒有成熟，就把這位溫馴的朋友當作他的安慰。

晚上他經常一副愁容地來找漢斯，要他中斷學習，跟他一起到大寢室外面去。他們在冰冷的大廳或又高又暗的小禮拜堂中並肩來回地走著，或是坐在窗台上打哆嗦。然後，海爾訥會像愛讀海涅作品的抒情少年般，傾吐各式各樣的苦惱。他全身籠罩在一種幼稚的哀怨情緒中。漢斯雖然無法真正理解這種哀怨，卻對此印象深刻，有時甚至也受到這情緒的感染。這位敏感的文藝愛好者在陰沉的天氣下，特別容易爆發各式情緒，而他的牢騷和呻吟多半在晚上變得更嚴重，夜晚時分，深秋的雨雲滿佈天空，月亮就躲在雲後面，透過陰鬱的薄層和隙縫窺探，並在她的軌道上運行。然後海爾訥會沉迷在莪相[18]式的氣氛裡，融化在迷濛的憂傷中，這份憂傷透過嘆息、話語和詩句，一股腦兒傾注在無辜的漢斯頭上。

承受這種憂慮情景的壓抑和折磨之後的漢斯，只能在剩餘的時間內加緊拚命用功，然而功課愈來愈難。頭痛的老毛病再度復發，對此他並不訝異；他感到疲倦的次數愈來愈頻繁，經常得振作精神才有辦法完成一些必要的工作，這種情況讓他十分憂慮。他雖然隱約地感覺

18 莪相（Ossian），蘇格蘭古代的歌者，他的歌哀涼淒美，幾乎都是對生命與愛情的悲歎。

到，跟這個怪人交朋友耗費他許多精力，讓他性情中尚未觸動的某個部分也變得憂鬱。然而海爾訥愈是憂鬱、愈是淚眼矇矓，漢斯就愈為他感到痛苦，對他的態度也愈溫柔，漢斯知道自己對海爾訥是個不可或缺的朋友，也因此愈感到自豪。

此外，漢斯清楚地察覺到，這種病態的憂鬱，其實是無法發洩的不健康的衝動所引發的，並非他所真誠欣賞的朋友海爾訥的本性。每當這位朋友朗誦自己的詩，或談論他那詩人的理想，或者帶著激情、用誇大的手勢表情朗誦席勒和莎士比亞劇本中的獨白時，漢斯有種感覺，彷彿海爾訥正施展出一股漢斯所欠缺的魔力，在神仙般的自由與烈火般的熱情中遨遊，他的鞋底彷彿長了翅膀，騰空而起，凌駕於他和跟他同類的人之上，感覺就像荷馬詩中的天使。從前漢斯對詩人的世界瞭解甚少，也不覺得有何重要，而今他第一次無法抗拒地感受到流暢的文字、讓人迷惑的圖像以及誘人的韻律所帶來的迷幻力量。他對這新開啟的世界的崇拜、以及對他朋友的敬佩，兩者交融成一股獨特的情感。

此時已進入多風暴、陰暗的十一月天，在這個時節，白天只有幾個小時可以不開燈工作。黑夜裡，狂風把巨大的浮雲驅趕得穿過陰沉的天空，撞擊著古老堅實的修道院建築，發出呻吟與怒吼的聲響。樹上的葉子已全部落光，只有那高大的、多節多枝的樹林之王橡樹的頂上還發出枯葉的呼嘯聲響，那聲音比其他的樹發出來的更大、更哀怨。海爾訥的心情相當抑鬱，近日他並沒有去找漢斯，而是喜歡獨自一人在偏僻的練琴室裡猛拉小提琴，或是跟同學爭吵。

有一天晚上，他到那間琴房去，發現那個好強的路丘斯正站在樂譜架前練琴。他氣惱地離開，過了半小時回到琴房，路丘斯依舊在那兒。

「你現在可以休息了吧，」海爾訥罵道：「還有別人要練習呢！你這種嘎吱嘎吱的破琴聲簡直是折磨人！」

路丘斯不願退讓，海爾訥很氣憤。路丘斯不理睬地繼續嘎吱嘎吱拉起琴來，這時海爾訥一腳踢翻他的樂譜架。一張張樂譜撒得滿室都是，樂譜架還打在拉琴人的臉上。路丘斯彎下腰撿起樂譜。

「我要去跟教務長先生報告。」路丘斯堅決地說。

「請便，」海爾訥大怒地說：「你可以順便跟他說，我還賞了你一腳呢！」說完，他就準備要踢路丘斯。

這時，路丘斯跳起來，跑出門外。海爾訥緊追不放，於是兩人展開一場激烈、喧鬧的追逐。他們穿過過道和大廳、經過樓梯和走廊，一直追到修道院最偏遠的一角，教務長的住宅就位在這個寧靜高雅的地方。海爾訥一直追到快接近教務長的書房門口才趕上路丘斯。這時路丘斯已經敲了門，站在打開的門邊，就在這最後一秒，海爾訥總算如剛剛承諾地踢了他一腳。路丘斯就像一顆炸彈般地跌進主宰者最神聖的房間裡，連門也來不及關上。

這個事件真是令人震驚。隔天早上，教務長以青少年的墮落為題，作了一場輝煌出色的演講。路丘斯一副深思熟慮地聆聽，相當贊同；海爾訥則被宣布關禁閉的重罰。

「多年來，」教務長嚴厲地斥責他：「這裡已經不曾實施過這種懲罰。我會讓你十年後都還忘不了這件事。今天我處罰這個海爾訥，就是給你們所有人一個警惕。」

全班學生都膽怯地斜著眼偷看海爾訥，他臉色發青而倔強地站在那裡，勇敢地直視教務長。許多人暗地裡欽佩他。然而下課後，當大家吵吵嚷嚷地走出去時，他卻是孤獨一人留在教室裡，沒人理會他，彷彿他是名痲瘋病人。現在想支持他必須很有勇氣才行。

就連漢斯．吉本拉特也沒有那樣做。他清楚地知道自己有義務支持他的朋友。現在他為他的儒弱感到苦痛。他悲傷又慚愧地坐到窗台上，不敢抬起頭。內心有股衝動驅使著他去看他的朋友。假如他能這麼做又不會被人發現，他甘願付出任何代價。可是，在修道院裡受到嚴厲禁閉處分的學生會有很長一段時間被貼上標籤。從現在起，這名學生將備受監視，其他人若跟他往來是相當危險的，也會因此敗壞自己的名聲。國家施予學生許多恩惠，當然也會嚴格要求學生遵守紀律，這點在開學典禮上的長篇大論演講中早已提及。漢斯也知道這個規定。他正在朋友的義務和功名野心之間掙扎。他的志向是求上進、名列前茅、出人頭地，而不是扮演羅曼蒂克的冒險角色。於是他擔心焦急地待在角落裡。本來，他還可以勇敢地站出來，然而隨著時間分秒消逝，這一切愈來愈難辦到，就這麼一瞬間，他的背叛已經成為事實。

這一切都清楚地看在海爾訥的眼裡。這名熱情的男孩感覺出來大家都在迴避他，他能夠理解這種行為。但是他期望漢斯會來安慰他。對他而言，現在除了感到痛苦和憤怒，以前那些空洞的憂傷已變得虛空且可笑。他在吉本拉特的身旁站了一會兒，臉色蒼白卻態度高傲，他低聲說：「吉本拉特，你是個卑鄙的懦夫！——去你的！」說完就走掉了，一邊走一邊低聲吹著口哨，兩手插在褲袋裡。

還好這些年輕人得為其他的事思考和忙碌。事件過後沒幾天，突然下雪了，寒冷而晴朗的冬天也隨之到來，他們可以玩雪球和滑冰了。此時大家也突然想到，聖誕節和寒假就快來臨，紛紛談論著這件事。海爾訥不像以前那麼受注目。他四處走著，安靜並昂頭擺出一副傲慢的倔強樣，不跟任何人說話，經常把詩句寫在練習本上。那本本子有著黑色漆布的封面，上面的標題是《修士之歌》。

橡樹、赤楊樹、山毛櫸和柳樹上掛滿冰霜和凍雪，形成輕柔夢幻的景致。池塘裡清澈的冰塊在嚴寒中嘶嘶作響。十字形迴廊的庭院看上去就像一座沉靜的大理石花園。各個寢室裡充滿節慶歡樂的興奮氣息。聖誕節前的歡樂喜悅，甚至讓那兩位道貌岸然的教授臉上也露出微許柔和、開朗的光芒。不論教師或學生，沒有人對聖誕節是冷漠看待的，甚至連海爾訥臉上也不再掛著那麼抑鬱和淒慘的表情，而路丘斯則是在斟酌該帶哪些書和哪雙鞋子回家過節。這時孩子們收到的家書盡是寫些美好、令人期待的事：家人問他們最想要什麼禮物、說明烤蛋糕的時間、暗示他們可能會收到一些驚喜禮物，以及期待相見等等。

放假回家之前，全班學生——特別是希臘室的人——還經歷了一件小趣事。他們決定邀請全體老師參加聖誕節慶祝晚會。由於希臘室的空間最大，於是決定在此舉行。他們準備的節目有一段節慶致詞、兩篇朗誦、長笛獨奏和小提琴二重奏。現在還必須加進一段幽默節目。大家商量又討論，提了議又遭駁回，卻沒能達成一致意見。這時卡爾・哈門順口建議，讓艾米爾・路丘斯來段小提琴獨奏一定最好玩。大家一致同意。他們以拜託、遊說、威脅等軟硬兼施的方式，讓這名不幸的音樂家終於點頭答應。於是，在發給老師的正式邀請函附帶的節目單上，註明了特別節目是：「小提琴演奏曲：平安夜，演奏者：室內樂演奏家——艾米爾．路丘斯。」大家會給他室內樂演奏家這個頭銜，是因為他曾在那間偏僻的音樂室裡苦練。

教務長、教授、輔導老師、音樂老師和總舍監都應邀出席這場慶祝會。路丘斯穿著向哈特納借來的黑色燕尾服，頭髮梳理整齊，衣服燙得筆挺，當他面帶謙遜笑容上場時，音樂老師已經緊張得額頭開始冒汗。光是一個鞠躬就讓大家興高采烈地笑了出來。〈平安夜〉這首曲子在路丘斯的手指演奏之下，卻成了感人的悲鳴，變成一首悲歎、痛苦的哀歌；他試了兩次開頭，把旋律拉得支離破碎，用腳打著拍子，像個林務人員在嚴冬裡工作那般痛苦地拉著琴。

教務長先生高興地向音樂老師點點頭，音樂老師早已被路丘斯氣得臉色發白。

路丘斯第三次嘗試拉這首曲子，依舊沒能成功。於是他放下琴，轉向對著觀眾致歉道：「我辦不到，因為我是今年秋天才開始學琴的。」

「這很好，路丘斯，」教務長喊道：「我們感謝您的努力！您就這樣繼續學下去吧，歷盡過艱辛才有辦法攀登高峰啊。」

十二月二十四日，凌晨三點鐘起，各個寢室都是一副忙碌、熱鬧的景象。窗上盛開了一層厚厚的細瓣冰花，盥洗用水也都結了冰，修道院院子裡颳著刺骨寒風。但沒有人在意這些事。餐廳裡的大咖啡壺冒著熱氣，不久學生們就穿著大衣、圍上圍巾，一群群昏暗的身影越過白茫茫、發出微光的田野，穿過靜悄悄的樹林，往遙遠的車站走去。大家閒聊、說笑且大笑出聲。每個人的內心都隱藏著願望、歡樂和期待。他們知道，在這整個邦的各個角落，在城市、鄉村或孤獨的農家裡，父母和兄弟姊妹都在溫暖、有著節慶裝飾的屋裡等著他們。他們大部分人都是第一次從外地返家過聖誕節，大部分人都知道家人正帶著愛意和驕傲來歡迎他們。

這座小火車站位於白雪皚皚的樹林中央，孩子們冒著嚴寒在此等候火車。他們從不曾像現在這麼團結、友好且歡樂地聚在一起。只有海爾訥單獨一人，沉默不語。火車到站時，他等同學都上了車後，才獨自登上另一節車廂。在下一站換車時，漢斯還看到他一次，然而那一瞬間所升起的慚愧與後悔的感覺，很快就被返家的興奮與歡欣心情覆蓋過去。

到了家，他看見爸爸滿足地掛著微笑。桌上擺了滿滿的禮物在等候著他。然而，在吉本拉特家並沒有真正的聖誕節；這裡沒有歌聲和節慶的歡欣，沒有母親，也沒有聖誕樹。吉本拉特先生不懂得如何慶祝節日，但是他的孩子讓他很自豪，因此這次很大方地採購禮物。而漢斯早就習慣這個樣子，因此一點也不覺得缺少什麼東西。

大家發現漢斯的氣色不好、太瘦、太蒼白，他們問他修道院的伙食是否不好。他連忙否認，而且向大家保證自己的身體很好，只是常常覺得頭疼。對此，年輕時也曾受頭痛之苦的牧師安慰他，說這一切都是正常的。

河水結冰了，河面一片閃閃發亮，節日裡擠滿了溜冰的人潮。漢斯幾乎整天都在外頭，他穿了新衣服，頭上還戴著綠色的神學校學生帽，他已遠遠超越以前的同學，進入一個令人羨慕、更崇高的世界了。

chapter

# 4.

根據以往的經驗，神學校的每個年級在四年修道院生活中，總會流失幾名學生。有時是學生死了，然後大家會用歌詠方式安葬他，或是由同學陪同把遺體運回家鄉。有時是學生堅持要離開，或因為犯了特別罪行而被學校開除。偶爾也會發生這樣的事，不過是極少數、而且只有在高年級班上才會出現的：某個徬徨無助的男孩為青春的煩惱所苦，於是尋求快速又悲觀的解決之道，開槍自殺或投河自盡。

漢斯．吉本拉特班上也流失了幾個，剛好都是希臘室寢室的學生，真是巧合。

在他們之中有個為人謙遜的金髮男孩，名叫印丁格，綽號印度教徒，是阿爾高猶太教區裡一位裁縫師的兒子。他是名文靜的學生，死去後才成為大家討論的對象，即使如此也談得不多。他與節儉的室內樂演奏家路丘斯同坐一張課桌，因此跟他的交往比其他人多一些，除此，他就沒有其他的朋友。希臘室的室友一直到印丁格過世後，才發現他們其實滿喜歡這位同學的，因為他沒有野心、為人和善、在這間經常激動憤慨的寢室裡就像一個寧靜的支點。

那是一月的某一天，印丁格和溜冰的同學一起去馬塘。他沒有溜冰鞋，只是想看看他們溜冰。可是不久他就覺得快凍僵了，於是在岸邊跺著腳來回走著，試圖讓身體暖和些。後來他就跑起步來，跑到田野的那一頭，來到另一座小湖上。這邊的湖水比較暖和且比較強勁，因此湖上結的冰很薄。他穿過蘆葦跑到湖上。雖然他個子小、身體也不重，卻還是在就快穿過湖面時踩破了冰，掉進湖裡。他拚命掙扎，還大聲呼救了一會兒，後來沉沒到黑暗的冰凍世界裡。沒有人發覺這件事。

直到下午兩點鐘，上第一節課時，大家才發現他不在教室。

「印丁格呢？」輔導老師喊著。

沒有人回答。

「去希臘室找找看！」

可是那裡也沒有他的蹤影。

「他一定是遲到了，我們就不等他，開始上課吧！大家翻到七十四頁，第七行詩句。不過以後不准再出現類似這樣的情況，大家必須準時上課！」

直到三點的鐘聲響起時，印丁格還是沒來，這時老師開始緊張了。他派人去找教務長。教務長立刻來到教室，問了大家一堆問題，然後派十名學生由舍監和一位輔導老師帶領去找印丁格。其餘的學生則留在教室寫練習作業。

四點鐘，輔導老師沒有敲門直接走進教室，並輕聲低語地向教務長報告。

「肅靜！」教務長下了命令，學生一動也不動地坐在椅子上，屏息望著他。

「你們的同學印丁格，」他壓低聲音繼續說：「大概是掉進池塘裡了。你們現在必須幫忙找，大家跟邁爾老師去，務必聽從他的指令，不准擅自行動。」

大家聽到這個消息都相當震驚，一邊出發一邊交頭接耳。老師走在前面。從小城來了幾名男壯丁加入搜索工作，他們帶了繩索、橫木條和木竿。天氣冰寒，太陽已沉落在樹林邊緣。

大家好不容易才找到那孩子的僵硬屍體，並用積雪的燈芯草遮蓋他，放到擔架上，這時已近深深的黃昏。神學校的學生像受驚的鳥兒般，膽怯地圍著這具屍體，邊看邊摩擦自己凍得發紫又僵硬的手指。當溺水淹死的這名同學被抬著走在前面，他們默默跟在後面穿過雪地時，那份受壓抑的心靈才突然感受到一股戰慄，就像小鹿遇上敵人時嗅到凶猛死神的氣味那般。

在這群可憐、凍得發冷的孩子隊伍中，很湊巧地，漢斯．吉本拉特就跟他以前的朋友海爾訥走在一起。他們同在田野一塊崎嶇不平處絆了一下，這才發覺彼此就在旁邊。也許是受到死亡情景的震撼，有那麼幾個片刻漢斯覺得一切自私皆為虛空。總之，當他意外見到這位朋友蒼白的臉跟他靠得如此近時，感覺到一種說不出的哀痛，於是突然衝動地握住對方的手。海爾訥很不情願地把手縮了回去，彷彿受汙辱似地別開目光，並且立刻換了個位置，走到隊伍最後一排去。

這個反應讓模範生漢斯的心裡痛苦且慚愧，他在結冰的田野上踉踉蹌蹌走著的同時，眼淚也不停地從凍得發紫的臉頰往下流。他知道，有些罪過和疏忽是無法被人忘懷或是後悔也無法挽回的。此時他突然覺得，躺在那副被抬得高高的擔架上的並不是裁縫師的兒子，而是他的朋友海爾訥，他正把自己因漢斯的背叛所產生的疼痛和憤怒帶往另一個世界，在那個世界裡不是以成績、考試或成就來評斷一個人，而只是在意良心是否純淨、是否有汙點。

這一群人已經抵達公路，很快就走進修道院。教務長站在前端，領著老師們迎接死去的印丁格。他若還活著，光是想到會受到這樣的禮遇，可能就會嚇跑。老師對待死去學生的態度總是與對待活的學生完全不同，在這種時刻，他們對每個生命與青春的價值以及其無可挽回性才有片刻的悔悟。平常他們多半以輕率的態度看待之。

就連當天晚上和第二天一整天，這具微不足道的屍體也發揮了魔力般的作用，讓大家的舉動與話語都變得溫和、寧靜，彷彿被鋪上一層薄紗。於是，在這短暫的期間，同學之間的爭論、憤怒、吵鬧及嬉笑都被掩埋了，就像水妖從水面上消失片刻，讓河水保持靜止、看起來似乎毫無生氣的樣子。每每提到死者時，大家一定會直接稱呼他的全名，因為覺得用「印度教徒」這個綽號是對死者不敬。而這個以往在人群中毫不起眼的安靜的「印度教徒」，如今卻以他的名字和他的死亡填滿整座修道院。

第二天，印丁格的父親來了。他在停放兒子屍體的小房間裡獨處了幾個小時，然後應教務長之邀前去喝茶，晚上在牧鹿旅館過夜。

舉行喪禮的日子到了。棺材停放在大寢室裡，這位從阿爾高來的裁縫師站在棺木旁，觀看一切。他有著標準的裁縫師身材，瘦巴巴的，穿著一件黑中透綠的雙排釦長禮服和緊身但略短的長褲，手上拿著一頂舊式禮帽。他那狹長的小臉滿是哀傷，看起來悲悽且虛弱，就像風中一把小燭火。在教務長和教師面前，他顯得很困窘，不斷低頭表示恭敬。

在棺材抬出去前的最後一刻，這名悲傷的矮小男人再一次走上前，用一種困窘、羞怯的溫柔手勢撫摸著棺蓋。然後他無助地停下腳步，強忍著淚水，站在安靜無聲的大房間中央，宛如冬日一棵矮小枯木那般地孤苦、無望且被遺棄，這一幕真教人心酸。牧師上前站在他的身旁並握住他的手。然後，他戴上那頂弧度漂亮的禮帽，緊跟著棺木後面第一個走下樓梯，穿過修道院的庭院，穿過古老的大門，越過白色的大地，朝著有矮牆的教堂墓地走去。神學校學生在墓旁唱讚美詩時，大部分人都沒在注意音樂老師指揮的手勢，而是望著矮小裁縫師那孤獨、似乎會隨風而倒的身影，音樂老師對此很不高興。裁縫師悲傷、受凍地站在雪地裡，垂頭傾聽牧師、教務長和學生代表的致詞，下意識地對唱歌的學生點點頭，有時還用左手掏那條藏在禮服裡的手帕，但並沒有真的拿出來。

「當時我不得不去想，如果站在那裡的人不是他，而是我爸爸的話，那會怎樣？」奧圖·哈特納事後這麼說。大家一致附和：「對啊，我也是這麼想。」

之後，教務長陪印丁格的父親來到希臘室。「你們有沒有人跟印丁格的交情特別要好？」教務長對著全寢室問道。起先沒有任何人答話，印丁格的父親不安而痛苦地看著這些年輕的面孔。後來，路丘斯走了出來，印丁格的父親拉住他的手，緊緊地握了一會兒，卻不知道該說些什麼，不久他謙恭地點個頭就走了出去。他隨即動身返家。他必須搭整整一天的車子越過這片明亮的冬天雪地，才能抵達家中告訴妻子，她的兒子卡爾長眠的那個小地方的一切。

修道院不久又恢復之前的樣子。教師再度開始責罵學生，關門聲響又變得很大，大家很少再想起那位死去的希臘室的同學。有幾名學生因為事發當天在那個悲傷的池塘邊站得太久而感冒，現在不是住在病房，就是因凍傷腳必須穿上毛氈拖鞋，或是脖子裹得緊緊的保護喉嚨。漢斯．吉本拉特的喉嚨和腳都沒事，但是自從那件不幸事件發生之後，樣子看起來更嚴肅且老了許多。他的身上有某種東西變得不一樣了，從孩子變成少年，他的靈魂彷彿飛去了另一個國度，在那個國度裡擔憂又害怕地四處飄泊、找不到停歇處。他的這個改變不是出於對死亡的恐懼，也不是對那位善良的「印度教徒」感到悲痛，而是突然意識到自己愧對海爾訥。

海爾訥和另外兩名同學躺在病房裡，他必須硬吞熱茶。此時他有時間可以整理從印丁格死亡事件所得到的種種印象，未來也許可以運用在詩作裡。但是，他對這些似乎興趣缺缺，一副痛苦又煎熬的樣子，幾乎沒跟同室的病友說話。禁閉處分強加在他身上的那份孤立，嚴重地傷害到他那敏感、渴望與人頻繁交流的性情，於是他變得尖銳憤恨。老師把他當作不滿的激進分子嚴加對待，同學避之唯恐不及，舍監用嘲諷的態度對待他，而他的朋友莎士比亞、席勒和雷瑙卻帶給他一個更有力、更宏偉的世界，完全不同於他目前備受壓抑、受屈辱的處境。那本開始只是以隱士般的憂鬱為基調的《修士之歌》，漸漸發展成針對修道院、教師和同學而寫的尖刻及懷恨的詩集。他在孤立中找到一種心酸的殉教者的享受，以不被人理解而感到滿足。在他那殘酷羞辱修士的詩句中，他覺得自己就像小朱凡諾[19]。

葬禮過後一個星期，其他兩名同學已經痊癒，海爾訥還獨自躺在病房裡，於是漢斯去探望他。他很害羞地跟海爾訥打了招呼，還搬了一張椅子坐到他床邊，並去抓病人的手。這個病人不情願地轉向牆邊，似乎不想理他。但是漢斯不肯就此罷手，他緊緊握住他抓到的那隻手，逼這位以前的朋友轉身看他，他的朋友氣得嘟起嘴來。

「你到底想做什麼？」

漢斯沒有鬆開手。

「你一定要聽我說，」他說：「那時候我太懦弱，才會棄你而不顧。可是你也瞭解我的：我的堅定志向是在神學校裡保持名列前茅，最好都是第一名。你以前曾說我只追求功名，我認為你說得很對；然而那是我的理想方式，以前我並不知道還有什麼比這些更好。」

海爾訥閉著眼睛，漢斯則非常小聲地繼續說：「我對不起你。我不知道你是否還願意當我的朋友，但是請你原諒我。」

海爾訥沒說話，也沒睜開眼睛。他聽得暗自欣喜，然而他已經習慣了尖銳和孤寂的角色，至少暫且還不會摘下這副面具。漢斯不死心。

「你一定要原諒我，海爾訥！我寧可變成最後一名，也不要再迴避你了。要是你願意，我們可以再當朋友，而且告訴別人，我們並不需要他們。」

---

19 朱凡諾（Juvenal, 約第一世紀到第二世紀），古羅馬詩人，作品常諷刺羅馬社會的腐化和人類的愚蠢。

這時，海爾訥回過頭來握了他的手，同時睜開眼睛。

幾天後，海爾訥也痊癒離開病房。他們再度和好這件事在修道院裡引起不小的騷動，但兩人盡情享受幾個星期的美好時光，一切雖然都很平淡，卻充滿著一種令人相當幸福的歸屬感，以及一種無言的、神祕的和諧感。這份友誼跟從前的又有些不一樣，這幾週的分離讓他們都改變了。漢斯變得更溫柔、更熱情、更痴迷。海爾訥則多了一些充滿活力的男子氣質。這兩人在前一段時間對彼此的思念是那麼地強烈，以至於這次的言歸於好對他們來說，就像一次偉大的經歷及一份珍貴的禮物。

這兩名早熟的少年在毫無經驗的情況下，不知不覺地在這份友誼之中，羞怯地提前嘗到了初戀的甜美與神祕。他們兩人的結合具有那種正在成熟的男性的苦澀魅力，同時也是種對抗全體同學的苦澀的調味料。同學都不喜歡海爾訥，對漢斯的行為他們則感到不解。在當時，他們那許許多多的友誼只能算是天真無邪的男孩遊戲罷了。

漢斯對這份友誼的眷戀愈熱切、愈感幸福，與學校的關係也就愈疏離。這種新的幸福感就像新釀的葡萄酒般在他的血液裡和思緒中奔馳著，這時，李維和荷馬的作品對他而言都失去了重要性和吸引力。老師們驚恐地看著這名表現一直很優異的學生吉本拉特變成問題人物，而且很可能是在海爾訥的不良影響下屈服的。早熟的男孩在危險的青春發育期會有一些古怪的行為表現，這是老師最懼怕的。海爾訥身上具有的某種天才性格，一向讓老師感到不安——在天才和教師這兩者之間，自古以來始終存有一道深深的鴻溝。老師一開始就對天才在學校裡的表現感到痛恨。對老師而言，天才是壞學生，他們不懂尊師重道，十四歲就開始抽菸、十五歲談戀愛、十六歲流連酒吧，他們看禁書、寫狂妄的文章，有時還用譏諷的神情看著老師。在老師的教室日誌裡，這些天才多半被記載為帶頭鬧事者且必須受禁閉處分。一位學校老師寧可在班上教幾頭笨驢，也不願教一名天才。仔細想來，老師的想法也沒錯，因為他的任務不是培養超級天才，而是造就通曉拉丁文的人、數學家以及老實人。然而，這兩方誰受的苦更多、更嚴重？是老師受學生之氣、還是學生受老師的氣？兩者之間誰比較霸道、比較惹人厭？又是誰在破壞並玷汙另一方的心靈與生命？唯有帶著憤怒和羞愧去回憶自身的少年時期，才有可能對這個問題進行探究。但，這不是我們的職責。我們可以感到安慰的是，真正的天才通常都能治癒自己的傷痕，他們會不顧學校反對去創造自己的優秀作品，最後終能成為人才，死後能美名遠播，並被教師視為傑出青年及優秀表率，進而介紹給後代。這種規律與精神之間的爭鬥戲碼就這樣在各所學校不斷重複上演著。而我們也一再地看到，國家和學校對年復一年會出現的那些思考更細膩、更珍貴的天才，總是不遺餘力地要將之連根剷除。尤其是那些教師憎恨的學生，那些經常受罰、逃跑、被開除的學生，是這些人在往後的日子裡讓我們的民族寶藏更為豐富。但是也有一些天才——誰知道有多少人？——在無言的抵抗中自我折磨，終至沉沒消失。

依照校方亙古以來有效的教育原則，一旦對這兩名怪異學生產生任何懷疑，使用的教育方式就不是關愛，而是加倍的無情。只有一向因漢斯在希伯來文方面的優異表現而以他為傲的教務長試圖挽救，但手法相當笨拙。他把漢斯叫進辦公室，這裡以前是修道院院長的住所，有著美麗如畫的凸窗，據說在鄰近克尼特林根[20]小城土生土長的浮士德博士曾經來過這兒享飲艾芬格葡萄酒。教務長本人並不令人討厭，為人也算明理且精明，他會對喜歡的學生用平輩的「你」字稱呼，並待之以和善且寵愛的態度。他最大的缺點是虛榮心很強，因此常常喜歡在講壇上吹牛亂扯，而且無法容忍別人對他的權力和威望產生任何懷疑。他不接受異議，也不肯承認錯誤。因此順從聽話的學生跟他最合得來，好強又誠實的學生則很難得他的歡心，因為只要稍稍有點反抗的表示就足以讓他震怒。他很會扮演父親式的朋友角色，目光充滿鼓舞且聲調激昂，演技可謂高超精湛。現在他也正在表演這個角色。

「您請坐，吉本拉特。」他首先用力握了一下這名帶著害羞神情進門來的男孩的手，然後親切地招呼他。

「我想跟您談一下，不過，我可以用『你』來稱呼嗎？」

「請別客氣，教務長先生。」

---

20 克尼特林根為德國巴登伍爾騰山邦的一個小市鎮，傳說浮士德在此誕生。

「親愛的吉本拉特，你自己大概也有感覺近來的成績有點退步，至少在希伯來文是這樣。你之前可說是希伯來文科目最棒的學生，因此你突然退步讓我覺得很可惜。你會不會是對希伯來文沒有興趣了？」

「哦，不，我很喜歡希伯來文的，教務長先生。」

「那你想一下，這個情況有沒有可能是因為你對另一門科目更有興趣呢？」

「沒有，教務長先生。」

「是嗎？那我們得找出原因來。你可以幫我想想看嗎？」

「我不知道……我一直都有做功課的……。」

「沒錯，我的好孩子，是這樣沒錯，但是這之間也是有差別的；你寫作業，這是你的本分，可是你以前的成績很好，那時候你可能更用功，至少對學習更有興趣。這時我就自問，為何你的學習突然變得不起勁？難道你生病了嗎？」

「我沒有生病。」

「那你會頭疼嗎？你的臉色看起來就是很不好。」
「是的，我有時候會頭痛。」
「是不是每天的功課太多了？」
「不，一點也不多。」
「或是你看很多課外書？你老實說，沒關係！」
「沒有，我幾乎不看課外書，教務長先生。」
「那我就不太懂了，親愛的年輕朋友。一定有什麼地方不對勁。你可不可以答應我好好努力用功？」
這名權威者帶著嚴肅的和善眼神望著漢斯，同時伸出右手，漢斯也伸出手。
「這就好了，這就對了，親愛的學生。千萬不可鬆懈下來，否則會掉到車輪底下去的。」
他握著漢斯的手，漢斯深深吸了一口氣，往門口走去。這時他又被叫住。
「對了，還有一件事，吉本拉特。你跟海爾訥常常在一起，是嗎？」

「是的，很常在一起。」

「我想，比跟其他人在一起的時間更多，對嗎？」

「當然，他是我的朋友。」

「這怎麼可能？你們兩個人的性格相差那麼大！」

「我不知道，反正他是我的朋友。」

「你知道我不是很喜歡你的朋友。他是一個不知足、不安分的人。也許他很有天賦，成績卻不好，對你也不會有好的影響。我很希望你可以跟他疏遠一點，可以嗎？」

「這我辦不到，教務長先生。」

「你辦不到？為什麼？」

「因為他是我的朋友。我不能就這樣不理他。」

「嗯，不過，你可以多多跟其他人來往嗎？你是唯一自願接受這個海爾訥壞影響的人，而眼前我們已經看到了後果。他到底有什麼地方特別吸引你呢？」

「這我自己也不知道。反正我們互相喜歡對方。如果我離開他，我就是懦夫。」
「是這樣嗎？好，那麼我就不勉強你。但我希望你慢慢遠離他。我希望你能這麼做，我真的很希望。」

教務長最後那幾句話的語氣不再像先前那麼溫和。現在漢斯可以走了。

從那以後，他又開始努力用功，功課的進展雖然不再像以前那樣輕鬆自如，而是得很費力才能跟上，但至少不會落後太多。他也知道，他的朋友得為此負一部分的責任，但他並不認為結交這位朋友是一種損失和妨礙，反倒像是一份寶藏，讓一切曾錯過的事物得以獲得補償——這是一種他以前那理智冷淡的盡職生活所無法相比的更崇高的溫暖生命。他就像熱戀中的年輕人，感覺自己有能力完成偉大的英雄事蹟，而不去理會日常的無聊瑣事。於是他一再地感到疑惑和悲歎。海爾訥對學習的草率，以及敏捷快速地學習最必要東西的態度，漢斯根本學不來。他的朋友幾乎佔用了他每晚的空閒時間，致使他不得不強迫自己天天早起一個小時，如臨大敵般地學習希伯來文的文法。現在的他其實只對荷馬和歷史課還有點興趣。他以似懂非懂的探索方式慢慢理解荷馬的世界。此外對他而言，歷史課中的英雄們逐漸不再只是冷冰冰的姓名和年號，而是彷彿離他很近、有著熾熱的眼神、鮮活般的紅脣，每個人都有一張臉和兩隻手——有的手又紅又肥厚又粗糙，有的手則寧靜而冰冷、有如石頭一般，另外一些人的手狹長、溫熱、佈滿細筋。

在讀希臘文的福音書時，他有時也因這些人物清晰且近在眼前的現象而感到驚訝、甚至感動。特別是有一次讀到《馬可福音》第六章講到耶穌和門徒下船的事，上面寫著：「眾人認得是耶穌，就跑遍那一帶。」這時，漢斯也看見耶穌離開了船，並且馬上認出他，但不是從他的身形、也不是從他的臉孔認出來的，而是從他憐愛眼神散發出的偉大閃爍的深度，從他那細瘦、美麗、黝黑的手輕輕揮動的手勢，或者該說那是一種含有邀請、歡迎意涵的手勢。這隻手似乎是由一個纖細卻堅強的心靈塑造而成並居住於其中。一條激流河水的邊緣和一艘沉重木船的船頭也在他眼前浮現片刻，然後這整個景象就像在冬天呼氣那般消失不見。

類似的情況後來也時時出現，例如某個人物或一段歷史會突然從書中冒出來，企盼重生並渴求在活人的眼裡返照自己。漢斯接受了這種現象，但對此還是感到很驚訝，覺得自己在這些急速出現又隨即消失的現象中有了深刻又罕見的變化，彷彿他能像透過玻璃般地透視黑色大地，或是彷彿上帝在注視著他。這些奇異的片刻不請自來又悄然離去，就像朝聖者或友善的訪客，讓人不能與之攀談或求之留下，因為既陌生又神聖。

他把這些經歷藏在心裡，連海爾訥也不知道。對海爾訥來說，之前的抑鬱已變成一種不安、激烈的情緒，驅使他去批評修道院、教師、同學、天氣、人生以及神的存在。有時他也喜歡爭吵或是突然捉弄他人一番。由於曾經被孤立並處處與人對立，因此他以更激烈的傲慢態度，讓這種對立加劇演變成更尖銳化的敵對關係。無力阻止這種對立關係的吉本拉特也被牽扯進去，因此這兩個朋友被視為顯眼又惹人嫉妒的孤島，大家都對他們保持距離。面對這種處境，漢斯漸漸不再有不舒適的感覺。要是沒有教務長這個人該多好，漢斯對他隱約有些懼怕。以前漢斯在教務長面前很得寵，現在教務長對他的態度不但冷淡，而且明顯故意疏遠他。而漢斯對教務長最擅長的希伯來文這門科目也逐漸失去了興趣。

看到這四十名學生當中，除了少數幾個停滯不前，其他人在幾個月裡身心都已經有了變化，真是令人感到愉快。許多人迅速往上長，身材變得瘦高，手和腳樂觀地從沒有跟著生長的衣服向外伸展。他們的臉孔也出現各式不同的細微差別，從剛剛脫離稚氣到一副膽怯開始變成男人的神態都有。那些身體還沒開始發育的孩子經過《摩西五經》的薰陶後，至少光滑的額頭上也增添了類似成人般的嚴肅神態。面頰豐滿紅潤的孩童臉龐已經很少見到了。

漢斯也變了。他現在跟海爾訥一樣高又瘦，不過看起來比海爾訥還更老成些。從前溫柔光亮的額頭顯出分明的輪廓，眼睛深陷，氣色不佳，四肢和肩膀瘦骨嶙峋。

他受到海爾訥的影響，愈是對自己的在校成績不滿意，就變本加厲地愈是不與同學來往。這樣的舉動並非出於高傲，因為他已不能以模範生或班上未來的頂尖人物為由而蔑視同學。其他同學讓他意識到這一點，加上他自己也痛苦地察覺到這個事實，因此他無法原諒他們，尤其是跟凡事完美無瑕的哈特納和厚顏無恥的奧圖．溫格發生過多次爭執。有一天溫格又譏惹他，漢斯氣不過揍了他一拳，於是兩人激烈地打了起來。溫格雖然是個膽小鬼，但要對付這名瘦弱對手輕而易舉，所以他狠狠地反擊回去。海爾訥當時不在場。其餘人則袖手旁觀，任漢斯被打。漢斯被狠狠地揍了一番，鼻子出血，全身骨頭作痛。羞愧、疼痛和憤怒讓他整夜不能入眠。他沒有對他的朋友說起這件事，但決定從此斷絕跟同學的關係，與同寢室的同學也幾乎不再說話。

冬末入春這段期間，由於中午常下雨，星期天也是，加上天色昏暗的時間很漫長，修道院的生活開始出現了新的團體與活動。衛城室中有一個同學鋼琴彈得很好，還有兩人擅長吹長笛，於是定期舉辦了兩次音樂晚會。日耳曼室組織了劇本讀書會。幾名年輕的虔敬主義派教徒成立一個查經班，每天晚上讀一章聖經，連同卡爾夫[21]版《聖經》上的注釋一起讀。

海爾訥想報名參加日耳曼室的讀書會，卻被拒絕。他怒氣沖沖，為了報復，於是跑去查經班，那邊的同學也不想要他，但是他硬要加入。他的大膽言論和瀆神的隱喻，造成這個小

21 卡爾夫為德國南方一個小市鎮，也是赫塞的出生地。

教友組織在進行虔誠對談時產生爭吵與衝突。不久，他就厭倦了這個把戲，只是言談之中那種嘲諷神聖的語調還是維持了一段時間。不過，他已經不是大家注意的焦點了，因為，全班同學現在全都著迷於計畫與創立的精神裡。

大家最常談論的對象是斯巴達室一名聰明又風趣的學生。這個人除了想讓自己出名，也很想讓他的寢室氣氛變得更有活力，於是利用各種詼諧的惡作劇，讓單調的學習生活顯得生氣蓬勃。外號蒸氣小子的他，能用別出心裁的方式引起轟動並讓自己出出風頭。一天早上，當學生從寢室走出來時，看見盥洗室的門上貼了一張標題名為「斯巴達室六首諷刺短詩」的紙張，上面有一些精選對句詩，內容與幾個引人注目的同學，他們的蠢事、惡作劇和友誼等等有關，筆調詼諧又帶著諷刺。連吉本拉特和海爾納這兩人也被寫上一筆。這個小天地立即產生一陣巨大的騷動，大家把盥洗室門前當成戲院入口那般你推我擠的。一群人叫聲嗡嗡、推撞又嘆氣地，那景況就像一群蜜蜂簇擁著女王蜂出門。

第二天早上，整扇門上都貼滿諷刺詩和贈答詩，不外乎答辯、贊同，也有新的攻擊詩句。而始作俑者卻置身其外，不再加入這場渾水之戰。他丟了火種達到目的後，就在一旁等著看好戲。有好幾天的時間，幾乎所有的學生都加入這場諷刺詩之爭；人人垂頭踱步，苦思如何對句。可能只有路丘斯是唯一的例外，他一如往常靜靜地讀他的書。最後，一位老師注意到這件事，才禁止他們再玩這場爭鬧的遊戲。

這名狡猾的蒸氣小子可沒就此罷休，在此期間，他已經策劃了下一個活動。這次是出版一份第一期的報紙，利用膠版印刷在草稿紙上，以小型規格方式呈現。他為了這份報紙花了幾個星期蒐集材料，報紙的名稱叫《豪豬》，主要是一份詼諧刊物。第一期的精采內容是《約書亞記》的作者和茅爾布隆神學校學生之間的有趣對談。

這份報紙相當成功。蒸氣小子擺出一副忙碌的主編和發行人姿態，在修道院裡享有同當年威尼斯共和國著名的阿雷蒂諾[22]那般的盛名。

---

22 阿雷蒂諾（Pietro Aretino, 1492~1556），義大利諷刺作家和詩人。

當赫爾曼．海爾訥熱情地參與編輯工作，與蒸氣小子一起從事尖銳諷刺的評論時，他機智且文思泉湧的筆調讓大家非常驚訝。整個修道院為這份小報牽掛了大約一個月之久。

吉本拉特沒有干涉他的朋友做這件事，但自己既沒興趣也沒能力參一腳。一開始，他幾乎沒有注意到海爾訥近日晚上經常去斯巴達室，因為他最近被其他事牽絆，整天懶散不專心，功課也做得很慢且提不起勁。有一次，在上李維課時發生了一件不尋常的事。

教授點名要漢斯翻譯，他卻坐在位子上不動。

「您怎麼了？您為什麼不站起來？」教授生氣地喊道。

漢斯還是一動也不動。他直挺挺坐在板凳上，低著頭且眼睛呈半開半閉狀態。教授的呼喊聲把他從夢中叫醒，然而那聲音彷彿是從遠處傳來的，他也感覺到鄰座的同學猛力推他。但他都沒理會。他被另一些人所包圍，另一些人的手在碰他，另一些人的聲音在對他講話。這聲音似乎很近、輕柔、深沉，沒有字句，而是有如泉水的淙淙聲深沉且溫柔。此外，有許多雙眼睛在注視他——陌生、充滿不祥感應、閃爍不已的大眼睛。這些眼睛可能是他剛才讀李維時讀到的羅馬人的眼睛，也或許是他曾經夢見或某次在畫上看過的未來人類的眼睛。

「吉本拉特！」教授大喊著：「您在睡覺嗎？」

漢斯慢慢地睜開眼睛，一邊驚訝地看著老師，一邊搖搖頭。

「您剛剛在打瞌睡吧！要不然請您告訴我，我們剛才讀到哪一句？可以嗎？」

漢斯用手指著書，他很清楚剛剛讀到什麼地方。

「您現在該可以站起來吧？」教授語帶嘲諷。漢斯站了起來。

「您在想什麼？請看著我！」

漢斯看著教授，但是教授詫異地搖著頭，顯然對他的眼神不滿意。

「吉本拉特，您身體不舒服嗎？」

「沒有，教授先生。」

「您坐下，下課後到我的辦公室來一下。」

漢斯坐下，並垂頭看他的李維。他已完全清醒過來也理解一切，然而內心卻同時追隨著許多陌生的形體，這些形體正緩慢遠離，而他們閃閃發亮的眼睛一直注視著他，直到他們完全消失在遠處的濃霧裡。與此同時，老師和正在翻譯的同學的聲音，以及教室裡一切的聲響都愈來愈靠近他，最後又像往常一樣真實，一樣近在眼前。板凳、講台和黑板依然如故，牆上掛了木製圓規和三角板，全班同學都在他的周圍，他們之中有許多人正用好奇又放肆的眼光偷瞄他。這讓漢斯大吃一驚。

「您下課後到我的辦公室來。」他剛才聽見有人這樣說。老天啊，到底發生了什麼事？下課後，教授揮手示意要他過去，帶他從那些瞪大眼睛觀看的同學中間走出去。

「請您解釋一下，到底是怎麼回事？您剛剛有沒有打瞌睡？」

「沒有。」

「既然這樣，為什麼我叫您時，您沒有站起來？」

「我不知道。」

「還是您沒有聽見我在叫您？您有重聽嗎？」

「不，我有聽見您在喊我。」
「您有聽到卻沒有站起來？您的眼神後來也變得那麼奇怪，您的腦袋到底在想什麼？」
「什麼也沒有想，我有想要站起來。」
「可是您為什麼沒這麼做？還是您身體真的不舒服呢？」
「我沒有不舒服。我也不知道這是怎麼回事。」
「您頭痛嗎？」
「沒有。」
「好吧，您可以回去了。」
用餐前，他又被叫去並被帶到寢室。教務長和主任醫師已在那裡等他。他們給他做檢查並詢問一些問題，但是沒發現什麼明顯症狀。醫師親切地笑笑，認為他並不嚴重。
「這是輕微的神經衰弱症，教務長先生。」醫生輕輕地咯咯笑：「這只是暫時性的虛弱狀態——輕度的眩暈症。要讓這個年輕人到戶外走走。至於頭痛問題，我可以給他開點藥水。」

此後，漢斯每天飯後必須到戶外去透氣一個小時。對此他並無意見，讓他比較討厭的是，教務長特別聲明不准海爾訥陪他散步。海爾訥氣得痛罵，卻又不得不遵照命令。於是，漢斯總是獨自一人去散步，並發覺散步真愉快。此時已是初春時分，圓拱形美麗的小山丘上長出的綠草，像稀疏淺淡的波浪那般流動著，樹木拋開了輪廓鮮明、棕色枯枝的冬天外衣，長出嫩葉，並融入大自然的色彩中，形成一望無際、流動不已的生動綠色浪潮。

漢斯以前在拉丁文學校上學時，觀看春天的角度跟這次很不同，那時候他比較活潑、好奇且更喜愛春天的每個小細節；他觀察過小鳥的歸來，一種又一種不同的鳥類，也觀察過樹木開花的順序。然後，五月一到，他就開始去釣魚。現在他不再費勁分辨鳥類、或是從蓓蕾辨別花草，他只看到植物整體的發芽生長，到處是含苞待放的花朵，他聞著嫩葉的氣息，感覺到一股柔軟、正在發酵般的空氣，他充滿驚奇地在田野漫步。不久他便感到疲倦，一直想躺下來睡覺，而且幾乎不斷看到各式各樣並非真正在他周圍的東西。那些到底是什麼，連他自己都不知道，但他也不多想。那些是蒼白的、柔弱的、不尋常的夢境。它們有如好幾幅肖像畫般，或者有如珍奇樹木築成的林蔭大道那般圍繞著他，但並未發生任何事，純粹是供觀看的畫面，然而觀看本身就是一種體驗。它把人帶往別處以及他人所在的地方。這是在陌生的地域、在觸感柔軟又舒服的地面上漫遊。這是在吸取不同的空氣，一種充滿輕鬆、細緻、夢幻香味的空氣。有時出現的不是這種畫面，而是一種感覺，模糊、溫暖且令人激動的感覺，彷彿有一隻輕巧的手正溫柔地觸碰他的身體。

在閱讀和學習方面，漢斯必須費力才能集中精神。他不感興趣的東西就像幻影般消逝滑過。而希伯來文生詞，假如他想在課堂上還記得那些詞彙，就非得在上課前半小時複習才行。然而那種看到具體形象的片刻經常出現，以至於他在閱讀時，書中描繪的一切會突然出現在眼前，他看到這些事物有生命地移動著，比最靠近他的周遭事物更有活力、更為真實。他發覺自己的記憶力已經接受不了任何東西，情況幾乎是一天比一天糟、記憶力一天比一天不可靠，這個發現讓他感到絕望。但另一方面，他經常會憶起一些往事，這些回憶清晰到讓他驚訝且害怕；他在課堂上或看書的時候，會突然想起他的父親，或是老安娜，或是以前的老師或某個同學，看到他們站在他面前，暫時奪取他全部的注意力。他也一再地重溫在斯圖加特停留的事情、聯邦考試和暑假的一些場景，或是看到自己帶著釣竿坐在河邊，聞著炎熱河水蒸發出的氣味。同時他也覺得自己夢到的這些情景似乎已離他很遙遠了。

在一個微熱潮溼、昏暗的傍晚，他和海爾訥在大寢室裡踱來踱去，他談起家鄉、父親、釣魚和學校的事。他的朋友出奇地沉默。他任漢斯說話，時而點點頭，或是拿起他整天喜歡把玩的那把小尺，若有所思地在空中揮動幾下。漸漸地漢斯也沉默了下來。此時已是夜晚，他們坐在窗台上。

「喂，漢斯，」海爾訥終於開口說話，聲音帶點疑惑和激動。

「什麼事？」

「啊，沒什麼啦。」

「不，你說吧！」

「我只是想——因為你講了那麼多雜七雜八的事——」

「什麼事啊？」

「漢斯，你說吧，難道你從沒追過女生嗎？」

此時一片靜默。他們從來不曾聊過這方面的事。漢斯對這種事有點恐懼，然而這個神祕莫測的領域卻又像童話裡的花園般吸引著他。他覺得自己臉紅了，手指正在發抖。

「只有一次，」他小聲地說：「那時候我還是個傻小子。」

又是一陣沉默。

「那你呢，海爾訥？」

海爾訥嘆了一口氣。

「啊，算了吧！——我覺得我們不該談這種事，反正一點意義也沒有。」

「有的，有的。」

「——我有一個心愛的人。」

「你？真的？」

「在家鄉，她是鄰居。這個冬天，我還吻了她一次呢！」

「接吻——？」

「對的。——那時候天已經黑了。傍晚，在溜冰場上，她要我幫她脫掉溜冰鞋。然後我吻了她。」

「她有沒有說什麼？」

「沒有。她只是跑走了。」

「後來呢？」

「後來嘛！——什麼事也沒再發生。」

他又嘆了口氣，漢斯盯著他看，彷彿他是從禁忌花園裡跑出來的英雄。

鐘聲就在這時響起，就寢時間已到。燈熄了，大家也都寂靜下來，漢斯躺在床上一個多小時了，還無法入睡。他在想海爾訥吻他心愛的人的事。

隔天，他想追問這件事，卻又覺得害羞。而海爾訥這邊因漢斯沒問起，也不好意思自己主動談這件事。

漢斯在學校裡的學習江河日下，教師們開始不給他好臉色，用奇怪的目光看他。教務長板著臉，一副惱怒的樣子。同學早已發覺吉本拉特的成績大為倒退，也放棄爭第一的野心了。只有海爾訥對此沒有任何感覺，因為他自己並不覺得學校特別重要。漢斯眼見這一切事情在發生以及自己在改變，卻不去理會。

在此期間，海爾訥已對報紙編輯工作感到厭倦，又完全回到他朋友的身邊。他有好幾次不顧禁令陪著漢斯去散步，跟他一起躺在陽光下做夢、或是朗讀詩篇、或是講些與教務長有關的笑話。漢斯每天都在期盼海爾訥繼續透露那次愛情冒險的事，然而他等得愈久，就愈不敢再追問這件事。海爾訥因為在《豪豬》上寫的諷刺詩相當惡毒而失去大家的信任，因此他們兩人從來沒有像現在這般在同學中極不受歡迎。

反正這個時候，這份報紙也停刊了，它原本就是為了在冬春之交那些無聊的日子而辦的。現在美好的季節已經來臨，有很多消遣活動，例如：採集植物標本、散步，以及在戶外遊戲。每天中午，孩子們在修道院的院子做體操、比賽摔角、賽跑和打球，讓這裡充滿熱鬧與生命氣息。

就在此時又發生了一件新的轟動大事，肇事者和事件中心人物又是這個讓大家很反感的海爾訥。

教務長得知海爾訥把他的禁令當耳邊風，幾乎每天都陪吉本拉特去散步。這次他沒有驚動漢斯，只把主謀、他的老敵人海爾訥叫進辦公室。他用「你」稱呼海爾訥，但海爾訥不買教務長的帳。教務長指責他違抗命令。海爾訥宣稱自己是吉本拉特的朋友，誰也無權禁止他們來往，因而演變成激烈的爭吵。結果海爾訥遭到禁閉幾個小時的處分以及嚴格的禁令，不准他以後與吉本拉特一起外出。

第二天，漢斯必須單獨去散步。他在兩點鐘回來，然後跟其他人一起待在教室。開始上課時，大家發現海爾訥沒來。情況一如上次「印度教徒」失蹤，只不過這次沒有人認為他是遲到。三點鐘，全班同學和三位老師一起出發去尋找失蹤者，他們分成幾組，在樹林裡又跑又喊的。有些人，其中包括兩位老師，認為他很可能自殺了。

五點鐘，校方發了電報給此區所有警察單位，當晚也寄出一封限時信給海爾納的父親。到很晚時，還是沒有發現任何蹤跡。直到深夜，全部寢室都還在竊竊私語，大部分的學生都猜他是跳河自殺，另有一些人認為，他可能直接回家去了。不過，大家都確定一件事：這個離校出走的人身上不可能有錢。

同學盯著漢斯看的模樣，似乎認定他一定知道當中的內情。事實剛好相反，他是所有人當中最感訝異、也最擔心的。夜裡在寢室聽到別人的提問、猜測、胡說和開玩笑時，他深深地鑽進被子裡，內心煎熬地替他的朋友痛苦且擔憂許久。他有種這位朋友似乎不再回來的預感，這個預感揪住他恐懼的心，令他深感痛苦，直到疲累、哀傷地睡著為止。

同一時間，海爾納則在幾哩外的小樹林裡。他凍得睡不著覺，卻感到無比自由地大大鬆了口氣，他伸展四肢，彷彿自己是從狹窄的籠裡逃脫而出。他從中午開始跑，在克尼特林根買了麵包，現在正不時地咬一口麵包，一邊透過春天新綠的樹枝仰望夜晚的天空、星星以及飄浮不定的雲朵。對他而言，去哪裡都無所謂，反正他現在已經脫離了可恨的修道院，並向教務長證明他的意志勝過命令和禁令。

隔天一整天，大家又白費工夫地找著海爾訥。他在一個村子附近田野的乾草堆裡度過第二個晚上。天亮時，他又躲進樹林裡，直到晚上再要去找個村莊時，被村子的警察逮住。這名警察親切地同他開玩笑，並把他帶去村公所。他在那裡以風趣和諂媚的言語贏得村長的歡心，於是被村長帶回家過夜，睡前還準備了火腿和蛋好好地款待他。隔天，專程趕來的父親把他接走了。

當這名逃校者被帶回來時，修道院裡掀起一陣巨大的騷動。但海爾訥卻昂起頭來，似乎對他的天才小旅行毫無悔意。校方要求他道歉悔過，卻被他拒絕。面對教師會議的學校法庭，他的態度毫不畏懼，也不恭順。學校本想留他，可是他的行為實在讓校方忍無可忍。結果他很丟臉地被開除了，當天晚上跟著父親啟程回家，再也不會回到學校來。他和他的朋友吉本拉特只能握個手道別。

教務長針對這起違抗紀律和人格墮落的特殊事件，發表了冠冕堂皇的偉大訓辭。但在寫給斯圖加特上級單位的報告中，對這件事的敘述就比較溫和、客觀且輕微一些。神學校校方禁止學生與這名被退學的怪人通信聯繫，漢斯・吉本拉特對這道禁令當然只是笑笑。有好幾個星期，大家熱切地討論海爾訥和他的逃校事件。隨著當事人的離去以及時間的消逝，眾人對該事件的普遍看法也有些改變。這名以前大家畏懼並避之唯恐不及的逃校者，事後卻被不少人視為有如飛鷹般翺翔而去。

現在，希臘室空出了兩張桌子。後來離去的那個不像前一個很快就被人遺忘。只有教務長最希望第二個離去的人能就此罷休，讓校方獲得平靜。海爾訥並沒有再來打擾修道院，他的朋友期盼又等待，卻從未收到他的來信。他走了且就此消失蹤影。他的形象和它的出走漸漸成為歷史，最後成了傳說。這名熱情的少年後來又繼續做了一些天才惡作劇，步入迷途，然後接受嚴格的管教，歷經一些生命苦痛，最後雖然不算成了英雄，卻也成為一位男子漢。

留在學校的漢斯遭到校方懷疑，認為他事先應該知道海爾訥的逃跑計畫。這種懷疑完全奪去老師對他的最後一絲好感。當他在課堂上回答不出問題時，一位老師對他說：「您怎麼沒有跟您的那位好朋友海爾訥一起離開呢？」

教務長也對他不理不睬，用一種充滿蔑視的同情眼光側目看他，就像法利賽人看到稅吏那般[23]。這個吉本拉特已經與他們志道不同，現在他是屬於痲瘋病人之列，不可與之接觸。

23 法利賽人乃西元前二世紀猶太教的四大派別之一，成員多屬上層人物。稅吏在當時同罪人一樣屬於受蔑視的階層。

chapter

# 5.

就像藏了糧食的倉鼠那般，漢斯以他之前學到的東西支撐了一段時間，然後開始難堪地走下坡，為了緩和頹勢，他曾經做了幾次短暫而無力的重新振作，但連自己都要嘲笑這種努力的無望。於是他放棄無謂的自我折磨，在《摩西五經》之後把荷馬丟在一旁，然後是色諾芬，接著是代數，他毫不在乎地看著自己的好名聲在老師們眼中逐步滑落，從優秀到佳，從佳到中等，最後歸零。他頭痛的時候——如今又規律地痛起來——就會想到赫爾曼・海爾訥，做著他輕浮的白日夢，在半思考的狀態下無所事事好幾個鐘頭。面對所有老師愈來愈多的責難，他最近都以一種善良卑屈的微笑回應。助教威德里西，一位友善的年輕老師，是唯一對這無助的微笑感到心痛的人，他用同情的諒解對待這名脫離常軌的男孩。其餘的老師則都生他的氣，用鄙視不理睬的方式懲罰他，或是偶爾嘗試以譏刺方式喚醒他熟睡的榮譽心。

「如果您剛好不想睡，可不可以請念一下這個句子？」

教務長最討人厭，這個虛有其表的人眼裡裝出太多權威，假如吉本拉特不斷用他卑微服從的微笑來回應他高高在上而迫人的滾動眼球、讓他逐漸緊張起來，他就會怒不可遏。

「您不要沒來由的蠢笑，反倒應該很有理由哀號。」

令人更加印象深刻的是父親的來信，他非常震驚地要漢斯自我改正。教務長寫信給吉本拉特的父親，父親收到信後驚嚇不已。父親在信裡寫滿他能想到的所有鼓勵和義憤的詞句，這些字語無意中也透露出一絲悲痛的抱怨，讓兒子感到難受。

這些以輔導年輕人為職責的導師，從教務長到吉本拉特的爸爸、教授和助教，都在漢斯身上看到他們的期望受到阻礙，某種阻塞和怠惰，必須以強迫和暴力方式將之轉回正確的道路。也許除了那位有同情心的助教，沒有人在這瘦削年輕人的臉上，從那無助的微笑背後看到沉淪的心靈正在受苦，在溺水之際焦慮而絕望地環顧四周。沒有人想到，讓這個脆弱的心靈陷入這種境地的凶手，正是學校和父親以及幾位老師的野蠻虛榮心。為何他必須在最敏感而危殆的少年時期每天用功到深夜？為什麼帶走他的兔子，刻意讓他在拉丁文學校的同學疏遠他，禁止他去釣魚和閒蕩，灌輸他卑劣、無力、矯情的空洞與卑微理想？為何在聯邦考試結束後，不讓他享受應得的假期？如今這株被過度催逼的幼苗癱瘓在路邊，再也沒有什麼用處了。

初夏前後，主任醫師再次解釋這是一種神經衰弱狀態，主要導因於成長發育。漢斯應該在假期裡好好療養，充分進食，經常到樹林裡走動，情況便可獲得改善。

可惜這個方法根本來不及進行。就在放假前三個星期，漢斯在下午的課堂上被教授狠狠責罵了一頓。當教授還在繼續責備時，漢斯跌回座位，開始焦慮地發抖，繼而不斷哭泣抽搐，打斷了課程。結果他躺在床上休息了半天。

隔天，在數學課上，他被要求在黑板上畫出幾何圖形，並且完成證明題。漢斯站了出來，但是一到黑板前他就開始頭暈，他拿著粉筆和尺規在黑板上隨便畫著，結果那兩樣東西從他手中掉落，當他彎下腰想撿拾起來時，雙膝竟跪倒在地上，再也站不起來。

主任醫師對病人承受這般折磨感到相當憤怒，慎重地要求立刻讓這孩子請假休養，並且建議邀請神經科醫師會診。

「他還罹患了舞蹈症[24]。」醫師對教務長耳語，教務長點點頭，覺得自己受到提示，把臉上嚴苛、憤怒的表情變成一種父執輩的惋惜，對他而言，這是輕而易舉且很擅長的事。

教務長和醫師寫了一封信給漢斯的父親，把信放進漢斯的口袋裡，然後送他回家。教務長的怒氣轉成沉重的焦慮——才因赫爾曼．海爾納事件而受驚動的學校董事會對這樁新的不幸事件會做何感想？令大家感到意外的是，教務長甚至放棄對這件事發表談話，在最後幾個鐘頭裡對漢斯非常和善。他知道結束休養後的漢斯是不會再回學校來了——即使他能痊癒，原本進度已經落後太多，也不可能把這幾個月，或者就算只缺幾個星期的課補齊。雖然教務長語帶鼓勵、誠懇地對他說「再見」，然而接下來這段時間，每當教務長一踏進希臘室，看到那三張空著的桌子，就覺得難堪，而且要費力地壓抑才不會去想到，他也許必須對失去兩

24 一種遺傳性神經退行性疾病。

名有天賦的學生負起部分責任。然而身為勇敢而道德堅定的男人，他最終還是把這種無益的曖昧想法趕出自己的心靈。

帶著小背包啟程的漢斯把修道院連同教堂、大門、山牆和尖塔留在身後，樹林和丘壑消失了，取而代之的是巴登邊界地區的豐饒果園，然後是佛爾茲海姆的市街，緊接其後的是藍黑色的黑森林冷杉樹山丘，許多河谷貫穿其間，在炎熱的夏日烈焰下，這裡比其他地方更藍、更涼爽、也有更多的遮蔭。眼前這名少年看著車外的景色變得愈來愈像故鄉時，心情多少是愉快的，直到接近故鄉的城市時，他想起了父親，他害怕面對父親，這個焦慮把他小小的旅行樂趣破壞殆盡。他又想起搭車到斯圖加特參加考試，以及進入茅爾布隆就讀時的那段旅程，想起這兩段旅程中的緊張以及充滿憂慮的喜悅。這一切如今看來是為了什麼呢？他和教務長一樣清楚知道，他不會再回到學校去了，神學校、學業以及所有的抱負都已經結束。然而如今他並不感到哀傷，只憂心如何面對失望的父親，想到自己讓父親的期望落空，他的心情相當沉重。如今他只想休息，好好地睡一覺，痛快地哭一回，盡情做夢。而他怕這一切在家裡、在父親身邊並不可能辦到。火車旅途結束時，他頭痛欲裂，再也不看窗外，雖然火車正行經他最愛的地區，以前他曾熱切地在這裡登高穿越森林；他差點錯過在熟悉的家鄉車站下車。

此時漢斯站在這裡，拿著傘，提著旅行袋，他的爸爸正在觀察他。教務長寫來的最後一份報告，讓父親對這不成器兒子的失望和怒氣變成手足無措的恐懼。他以為漢斯現在的樣子可能已經憔悴得不成人形，見到後覺得兒子雖然變瘦且衰弱，但畢竟還算健康，雙腿也能站穩，讓他感到些許安慰；但是最糟的是他試圖隱藏的憂慮，害怕醫師和教務長信上提到的神經疾病。直到目前他的家族裡從未有人罹患神經疾病，面對這樣的病人，大家通常毫無諒解地加以譏嘲，或是帶著輕視的同情說起病人就像神經病一樣，如今他的漢斯帶著這樣的病症回到家鄉。

回到家的第一天，漢斯因為沒有受到責備而感到高興，接著他注意到父親對待他的那種瑟縮而憂心的體諒，而且父親顯然必須強迫自己這麼做。這時他偶爾也會注意到父親用特別審視的眼光，非常好奇地看著他，用壓抑而偽裝的語調和他說話，暗地裡觀察他，不讓他察覺。漢斯於是更退縮，對自身狀態的某種憂慮開始折磨著他。

天氣好的時候，漢斯就在外面的樹林裡躺上好幾個小時，這對他有益。在樹林裡，以往的少年情懷經常拂過他受損的心靈：看著花朵或甲蟲讓他感到愉快，傾聽鳥兒鳴唱或是追蹤野獸足跡也帶給他許多樂趣。然而這些都不過是瞬間而已。大部分時間他都懶散地躺在青苔上，腦袋昏沉沉的，徒勞地試著思考一些事情，直到又沉入夢鄉，將他遠遠帶到另一個空間。

有一次他做了一個夢，夢見他的朋友赫爾曼．海爾訥死了，躺在擔架上，漢斯想靠過去，但是教務長和老師卻硬把他推開，他每一次重新走向前，他們就狠狠地揍他。不僅教授和助教們站在一旁，還有系主任和斯圖加特的考試委員，所有的人都一臉憤慨。突然間一切都變了，擔架上躺著的是那名溺死的「印度教徒」，他的父親戴著怪異的禮帽，雙腳彎曲，傷心地站在一旁。

又有一次他夢到：他在樹林裡奔跑著尋找脫逃的赫爾曼．海爾訥，他看到赫爾曼．海爾訥在樹林間愈走愈遠，他一次又一次地看見對方，正當他想開口呼叫時，赫爾曼．海爾訥就消失不見。終於，赫爾曼．海爾訥站定了，等他走近後對他說：喂，我有個心愛的人。然後他高傲地大笑，消失在樹叢間。

他看到一個英俊、瘦削的男人走下一艘船，男人的雙眼沉靜有如天神，一雙手美麗而安詳，他於是跑向這個男人。一切卻又再次變換，他思索著那是什麼，直到想起在福音書上有個地方寫著：「εὐϑύς ἐπιγνόντες αὐτόν περιέδραμον」（眾人認得是耶穌，就跑遍那一帶），這時他必須思考「περιέδραμον」是什麼語格變化，以及這個動詞的現在式、不定式、現在完成式和未來式是什麼，他必須將這個動詞以單數形、雙數形和複數形變化，一旦犯錯就焦慮出汗。等他回過神來，他覺得腦子有如千瘡百孔，每當他的臉不由自主地泛起放棄和自責的那種昏睡微笑，立刻就聽見教務長說：「這愚蠢的微笑是什麼意思？您這時還笑得出來！」

雖然有幾天情況稍微好轉，但整體看來漢斯的狀態卻沒有進步，反而愈來愈退步。以前治療過母親並給她開立死亡證明書的那位家庭醫師，父親也經常為痛風問題去找他，他很擔憂漢斯的病情，一天拖過一天遲遲不願說出他的診斷。

在這幾個星期裡，漢斯才注意到，他在拉丁文學校的最後兩年沒有結交任何朋友。那個時候的同學有些離開了故鄉，有些到處去當學徒，都和他沒有聯繫，他不曾從他們身上追求些什麼，他們對他也漠不關心。老校長親切地同他說過兩次話，拉丁文老師和城裡的牧師在街上對他和善地點點頭，但漢斯其實和他們早就沒有任何關係。他再也不是可以塞進任何東西的容器，不是可以播撒不同種籽的田畝，已經不值得把時間和心思花在他身上了。

如果牧師能給他多一點關懷，說不定情況會好一些。但是他能怎麼做呢？他所能給予的，學術，或者至少追求學問，牧師以前已經毫無保留地給予他了，也不能付出更多了。他並不是那種類型的牧師——讓人有理由懷疑他們所說的拉丁文是否正確、傳道文是否抄襲著名的文獻，但是碰上時機不好時人們又喜歡親近他們，因為他們有雙善良的眼睛，對任何痛苦都說得出體貼的安慰。就連父親吉本拉特先生，即使盡力在漢斯面前掩藏內心的失望和怒氣，也無法成為漢斯的朋友或是能給予安慰的人。於是漢斯覺得自己被離棄又不受歡迎，他就只坐在陽光下的小花園裡或是躺在樹林中，忙著做夢或是想著折磨人的事。閱讀也無法幫助他，因為看書時，他一下子就覺得頭疼眼痛，而且只要一打開書本，修道院時代的幽魂以及當時的焦慮就壓迫著他，把他驅趕到令人窒息的惡夢角落，繼續用灼熱的眼光盯住他。

這般困頓和孤獨之際，另一個鬼魅化成虛假的安慰者接近生病的孩子，他逐漸熟悉而且需要它——死亡的念頭。取得槍枝等等是簡單的事，或是在樹林裡隨便繫條繩子。這種想像幾乎每天陪著他漫步，他觀察隔絕而偏僻的小角落，終於發現一個地方，可以讓人美好地死去，他最後選定此地為他的死亡之地。他不斷造訪這個地點，坐在那裡假想人們接下來發現他死在這裡，而心生一種奇特的樂趣。他選定繫繩子的樹枝，檢查它是否夠強韌，於是再沒有阻礙了；隔了一段時間，他又漸漸提筆寫短信給父親，還有一封比較長的信是寫給赫爾曼．海爾訥，信到時要放在屍體旁邊。

這些準備工作和絕對沒有問題的安全感對他的心情產生良好的影響。他坐在不祥的樹枝底下度過好幾個小時，壓力遠離，幾乎有種喜悅的舒適感降臨在他身上。為何還沒用那根樹枝上吊，他自己也不十分明白。想法已經成熟，他的死亡是已經決定的事，他暫時覺得自在，也不恥於在這最後幾天再度享受美好的陽光以及孤單的夢幻，就像人們在長途旅行之前常做的那樣。任何日子他都能啟程，一切都已就緒。自願在熟悉的環境裡停留，再看一看其他人的臉，這些人對他危險的決定一無所知，這對他也是種特別苦澀的幸福。每次遇到醫師，他總想著：「喂，你看著吧！」

命運讓他為自己的晦暗意圖感到高興，看著他如何每天用死亡的杯子享用幾滴慾望及生命之酒。主因並不在這個殘缺、年輕的生命上，而是在這個生命之輪完成且消失於地平面之前，得讓它多嘗一些生命的苦澀。

這種難以逃脫的折磨想像愈來愈少出現，取而代之的是疲累的自我放逐，某種無痛而遲鈍的情緒，漢斯在其中想都不想地看著時日從身邊流過，冷淡地望著藍天，有時像在夢遊或是顯得稚氣。在懶散的遲鈍情緒裡，他有一次坐在小花園中的冷杉樹下，不自覺地輕哼著曲子，總是同一段曲調，那是他在拉丁文學校學到的，他剛好想到：

啊，我是那樣疲累，
啊，我是那樣乏力，
我錢包裡沒個子兒
袋子裡也空空。

他想也不想地哼著這首老調子，直哼了二十次。他的父親站在窗戶邊傾聽，大受驚嚇。這般無意識的隨意低哼對父親乏味的天性而言是完全無法理解的，他嘆息著把這當作是無望的心智脆弱表徵。從那時起，父親更加憂慮地看著這孩子，漢斯當然注意到了，並且因此感到難受；然而他還是沒有走到帶著繩索掛上樹枝的那一步。

這期間，一年中最熱的季節來到，聯邦考試和當年的暑假已經過去一年。漢斯偶爾想起，但是並無特別的行動；他變得相當遲鈍。他很想重新開始釣魚，但是不敢因此請求父親。每次站在水邊他就覺得難受，經常停留在岸邊，在沒有人看見的地方，以熱切的眼光追隨著深色、無聲游動的魚。他每天傍晚逆流而上走一小段去游泳，因為他總是一定要走過葛司勒警探的小房子，他偶然發現自己三年前愛戀過的愛瑪·葛司勒又回家住了。他好奇地看著她，但已經不像從前那樣喜歡。當時四肢瘦削、體態修長的女孩如今已經長大，動作很不自然，頂著一頭毫不孩子氣而摩登的髮型，讓她顯得完全不一樣。那身長衣裙也不適合她，她試著讓自己看起來像位仕女，卻一點都不成功。往年每次看到她，心裡就感到特別甜蜜、黑暗又溫暖，每思及此，漢斯就覺得她可笑，但是同時又覺得惋惜。畢竟──當時一切都不同於今日，美好得多也輕快得多，多生動啊！長時間以來他除了拉丁文、歷史、希臘文、考試、上課和頭痛，什麼都不知道。但是當時有童話書，有強盜故事書，當時他在小花園裡自己建了一部錘式磨子，晚上在納修德家的大門穿堂傾聽麗瑟講冒險故事，有一段時間他以為老鄰居大約翰，人稱嘉里巴蒂，是個強盜殺手，還會夢見他。一整年每個月都在期待些什麼，一會兒期待割乾草，一會兒是割四葉草，然後期待第一次釣魚或是捕小蝦蟹，期待啤酒花收割，期待搖梅子樹、烤馬鈴薯，期待開始打穀，中間還穿插期待每個可愛的週日和假日。當時還有許多東西以充滿神祕的魔力吸引著他：房子、巷道、階梯、穀倉地板、水井、柵欄、各種人和動物都讓他歡喜，或熟悉或謎樣地牽動他的心。那時他幫忙收割啤酒花，聽著年紀比他大的女孩唱歌，注意到她們曲子裡的歌詞通常都滑稽得令人發噱，但是也有一些特別傷感的，讓聽眾覺得喉頭哽咽。

這一切都已沉落並且結束，他當時並未立即察覺。起初晚上不再去麗瑟家了，然後是週日上午停止釣金線魚，接著不再讀童話書，就這麼一項接著一項地終止，包括不再採啤酒花，也不再用花園裡的錘式磨子。噢，這一切都到哪兒去了？

於是這名早熟的年輕人如今在他抱病的日子裡，經歷了虛幻的第二個童年時光。幼年時被偷走的心情如今帶著突然爆發的渴望，逃回那些美好微晞的歲月，並且在回憶的森林中著迷地四處遊走，這回憶的強烈與清晰也許是病態的。他同樣溫暖而熱切地經歷這一切，就像從前真實經歷的；一直被剝奪與壓制的童心就像一股長久被堵塞的泉源在他心中爆發。

如果砍去一棵樹的枝條，樹木常在近根處發出新芽，在開花時期生病而敗壞的心靈也經常如此，回到有如春天的起點時光，回到充滿預感的童年，就好像心靈能在那裡發現新的希望，重新聯繫中斷的生命絲線。靠近根部的新芽充滿活力地急急向上生長，然而這只是種表面生命，它再也無法長成一棵真正的大樹。

發生在漢斯．吉本拉特身上的情形正是如此，因此必須跟隨他走一段通往童年國度的夢幻路程。

吉本拉特家的房子靠近舊石橋，在兩條非常不同的街道交角，其中一條，房子地址所在的那一條，是城裡最長、最寬也最高雅的一條街，叫做葛爾柏巷。第二條陡地上坡，是條又短、又窄而且破落的街道，被稱為「獵鷹巷」，通往一家老舊、早已關門大吉的餐館，原先的招牌上畫了一隻獵鷹。

在葛爾柏巷裡，戶戶相連的都是善良、殷實的老居民，擁有自己的房子、在教堂裡有固定的座位和花園的人，往屋後露台陡峭上坡，房子的圍欄是七〇年代風格[25]，和長著黃色金雀花的鐵路路堤相連。能和葛爾柏巷的優雅一較高下的唯有市集廣場，廣場上有教堂、市政廳、法院、市議會和教長教區，它的純淨莊嚴完全呈現出都市舒適的印象。葛爾柏街雖然沒有市政廳，但是新、舊市民住宅都裝設了華麗的大門，還有漂亮古老的木桁架房屋，可愛亮麗的金雀花；只有一側有屋舍，因為街道另一側沿著河邊圍牆，牆腳架著欄杆，這些賦予這個地區一種豐富而友善、舒適又明亮的氣氛。

要說葛爾柏巷是長且寬敞，明亮、廣闊又優雅的，那麼獵鷹巷則恰好相反。獵鷹巷裡淨是歪斜、陰暗的房子，斑駁的髒汙，前傾的山牆，破了又補的門窗，歪歪扭扭的煙囪，壞掉的屋簷。房子互相推擠，阻擋彼此的光線，而巷道狹窄，奇怪地彎曲著，被恆常的陰影所籠

25 此處所指應為一八七〇年。

罩，在下雨天或太陽下山之後變成潮溼的陰暗。所有窗戶外邊的竹竿和繩索上總是掛著一堆衣服；因為這條巷子那麼小又可憐兮兮的，許多家庭住在巷子裡，更別提房客和租臥鋪的。傾斜、老舊的房屋裡的每個角落都住滿了人，貧窮、罪惡和疾病也長駐於此。如果會爆發傷寒，那麼一定是這地方，如果發生謀殺，也非這裡莫屬，如果在城裡傳出竊盜，最先搜查的就是獵鷹巷。四處遷移的兜售小販把這裡當成廉價銷售區，其中包括滑稽的去汙粉小販霍騰霍特，還有磨剪子的亞當．西特，大家都說他做盡各種罪行和壞事。

漢斯第一年上學時是獵鷹巷的常客，和一群形跡可疑、有著棕色頭髮、穿著破爛的男孩一起，聽過惡名昭彰的麗瑟．佛洛穆勒的謀殺故事。她是一名小店老闆的離婚妻子，曾在牢裡蹲了五年；她當時是出名的美女，許多工人是她的情人，經常發生為她爭風吃醋，繼而刀械鬥毆的醜聞。如今她孤獨地生活著，在工廠下工之後以煮咖啡和說故事打發夜晚的時間；她的門總是大大敞開，除了婦女和年輕的工人，總是有一群鄰居的小孩既開心又害怕地站在門邊聽她說故事。黑色小石爐上煮著一壺水，一支蠟燭點在旁邊，和小小的藍色炭火火焰一起照亮這過度擁擠而陰暗、有著冒險火焰的房間，聽眾的影子投射在牆上和屋頂上，巨大無比且充滿鬼魅的動作。

那時八歲的小男孩認識了芬肯拜兄弟，他不顧父親嚴厲的禁止，跟他們維持了大約一年的友誼。兩兄弟分別叫多爾夫和艾米爾，是城裡最狡猾的巷弄小男孩，因為偷盜水果和違反森林保護規定的小犯行而聞名，更是無數小機靈和惡作劇的能手。他們出售鳥蛋、鉛球、烏鴉幼鳥、椋鳥和兔子，違反規定地夜釣，把城裡所有花園當成自己家，因為不論柵欄有多尖、圍牆上的碎玻璃有多密，都不足以阻止他們。

但尤其是住在獵鷹巷的賀爾曼・瑞西頓海爾是漢斯最親近的朋友。賀爾曼是名孤兒，也是個多病、早熟而非比尋常的孩子。因為有一條腿太短，必須隨時拄著拐杖走路，因而無法參加巷弄裡的嬉戲。他身形瘦削，沒有血色的病容上有張過早乾燥的嘴以及尖尖的下巴。他做各種手工都非常靈巧，而且對釣魚有無比的熱情，這種熱情也傳染給漢斯。當時漢斯還沒有釣魚的許可證，但是他們依然躲躲藏藏在隱密的地點偷釣，如果狩獵是種樂趣，那麼如所周知的，盜獵正是最高享受。瘸腿的瑞西頓海爾教漢斯如何削出正確的釣竿、編織馬毛、染釣絲、纏線、磨釣鉤。他也教漢斯怎麼看天氣、觀察水流然後用黏土弄混濁，選擇適當的釣餌並且正確固定，教漢斯分辨魚的種類，在釣魚時細聽魚的聲音，將釣絲維持在正確的深度。沒說什麼話，只是以自身為例和陪在一旁，他教漢斯怎麼握釣竿，以及在收竿或放手那一刻的細微手部感受。他對那些可以在店裡買到的漂亮釣竿、軟木塞和玻璃絲線等這些人工做的釣魚工具都嗤之以鼻，說服漢斯，釣具若不親手做，是不可能釣到魚的。

漢斯和芬肯拜兄弟在憤怒下絕交；安靜而瘸腿的瑞西頓海爾卻不是因為爭吵而離開他。在某個二月天，瑞西頓海爾在自己可悲的小床上躺平了，他的拐杖壓著放在椅子上的衣服，開始發燒，很快就靜悄悄地死去；獵鷹巷隨即遺忘這號人物，只有漢斯一直記得他的好。

然而瑞西頓海爾還不是獵鷹巷怪異居民的最後一人，誰不認識因為酗酒而被開除的郵差洛特勒？他每兩個星期就要在街上醉死一回，或是上演一次夜間醜聞，其他時間卻乖得像個孩子，總是充滿善意地笑著。他讓漢斯聞他的橢圓形瓶子，偶爾接受漢斯送他的魚，用奶油煎好後邀請漢斯一起享用。他有一隻填塞的、有著玻璃眼珠的禿鷹，一只用單薄而細緻的聲音演奏過時舞曲的古老音樂盒。又有誰不認識老技師波爾緒？他總是戴著一副硬袖套，即使打赤腳走路。身為一位嚴格而守舊的國民學校教師的孩子，他能背誦半本《聖經》，滿口的諺語和勸世文；即使如此，也不管是否滿頭白髮，都阻擋不了他在一堆女人面前咒罵，還經常喝得爛醉。每當喝了一點酒，他就喜歡坐在吉本拉特家屋角的側石上，叫出每個經過路人的名字，然後送給他們一堆金玉良言。

「小漢斯．吉本拉特，我的好孩子，聽好我要對你說的話！西拉[26]怎麼說的？沒錯，他不說邪惡的建言，因此無愧於心！就像一棵好樹上的綠葉子，掉落一些又長出一些，人也是這樣：死去一些又出生了幾個。好了，現在可以回家去了，你這隻海狗。」

---

26 西拉（Jesus Sirach），西元前二世紀時希伯來的賢人，猶太哲學家。

無損於他的虔誠箴言，這個老波爾緒肚子裡塞滿有關鬼魂的黑暗傳奇故事，還有其他類似的。他知道這種鬼魂出沒遊蕩的地方，而他對自己所說的故事，則是半信半疑。通常他以懷疑、誇張又蔑視的口氣開始述說，就好像在取笑故事本身和聽眾，但是漸漸的，在述說之中，他就膽怯地藏頭縮尾，聲音愈降愈低，最後以一種輕聲、逼人的可怕低語結束故事。

這條卑微小巷隱藏多少可怕的、無法透視又黑暗刺激的東西！在這條巷子裡，在商店式微，無人理會的工藝店淪落得破舊不堪之後，還住著鎖匠布倫德勒。他會在小小的窗邊一坐就是半天，不懷好意地看著充滿活力的巷子，有時，當某個逃家、沒梳洗的小孩從鄰居家裡落到他手裡，他就以粗魯的幸災樂禍加以折磨，拉扯孩子的耳朵和頭髮，把他擰得渾身青紫。然而有一天他在自家階梯上吊，掛在一段鉛線上，看起來是這般可怕，沒有人敢過去，直到老技工波爾緒從後方用一把鉛剪把鉛線剪斷，伸長舌頭的屍體倒向前方，從樓梯滾下來，掉到震驚的圍觀者之間。

每次漢斯從明亮、寬敞的葛爾柏巷走進幽暗、潮溼的獵鷹巷，隨著那種奇特、凝重的空氣迎面襲來的是一種充滿幸福的可怖壓迫感，一種混合了好奇、害怕、內疚和微醺的冒險感受。獵鷹巷是唯一一個還可能發生故事、奇蹟及前所未聞的恐怖事蹟的地方，唯一一個魔法和鬼魅還顯得可信、可能發生的地方，還能感受到和聽聞神話朗讀，或惡名昭彰的洛矣特靈民俗故事時同樣痛楚的美妙寒顫，這些被教師們沒收的民俗故事書，述說著陽光店少東[27]、興德漢納斯、梅瑟卡爾以及波斯特米雪還有其他相似的黑暗英雄、重罪犯與冒險家的無恥罪行和報應。

除了獵鷹巷，其實還有一個異於尋常的地方，可以在那裡有所體驗，聽聞故事，有如在黑暗的地面和異常的空間裡讓人迷失的地方。這個地方是鄰近的大製革廠，一幢古老巨大的房子，在半黑的地板上方掛著大張皮革，地窖有被遮掩的大洞和禁止通行的通道，也是麗瑟為所有的孩子敘述她美妙故事的地方。那裡比獵鷹巷安靜、友善也人性一些，然而一樣充滿

27 原名菲里德里西．許望（Friedrich Schwahn），是艾柏斯巴賀地方「陽光飯館」主人的兒子，生於一七二九年，自幼生性殘暴，四處偷盜施暴，危害地方。

謎團。皮革學徒在洞裡、地窖、鞣革場和水泥地面的工作景象是奇怪而獨樹一格的，巨大空洞的空間既安靜而吸引人，同時也是可怕的，人們懼怕、躲避高大而臉色不善的屋主就像他是個食人魔一樣，而麗瑟在這個奇特的房子裡有如仙女般走來走去，是所有孩子、小鳥、小貓和小狗的保護者及母親，充滿善意，還有說不完的故事和歌謠。

如今男孩的心思和夢境在這個早已疏遠了的世界裡移動著，出於無比的失望和徹底的絕望他逃回消逝的美好時光，因為當時他還充滿希望，看著他眼前的世界有如巨大的魔法森林立定，在它無法穿透的深處隱藏著可怕的危險、神奇的寶藏以及翡翠城堡。漢斯稍稍走入這個荒野，但是在奇蹟現形之前他就已經累了，如今又站在謎樣而陰暗的入口，這次他是個被排除在外的人，帶著慵懶的好奇。

漢斯幾次試著再度造訪獵鷹巷，在那裡發現從前的陰暗、原來的臭味、古老的角落和無光的樓梯間；年老的男男女女又坐在門前，沒梳洗的棕髮孩子尖叫著四處奔跑。老技工波爾緒變得更老了，根本認不得漢斯，只是用譏嘲的斥罵回應漢斯羞赧的問候。大約翰，也就是嘉里巴蒂，和洛特．佛洛慕勒一樣都已去世。郵差洛特勒還在那裡，他抱怨男孩們弄壞了他的音樂鈴，他讓漢斯聞他的酒，然後試著向漢斯討錢；最後他述說芬肯拜兄弟的遭遇，其中一個如今在菸草工廠工作，已經像個老頭兒似地酗酒，另一個在某次教堂紀念市集上械鬥之後逃走，已經一年音訊全無。一切都予人悲慘而困苦的印象。

還有一次漢斯在傍晚走過製革廠，它吸引漢斯走進大門，走過潮溼的大院子，有如他的童年就埋藏在這個大而老舊的房子裡，連同所有失去的歡樂。

走過彎曲的台階和鋪了地磚的走道，他行經陰暗的樓梯，摸索著走過水泥地，也就是皮革張起懸吊的地方，隨著刺鼻的皮革氣味，在那裡吸進一團突然湧出的記憶。他又再度下樓，尋找後方的院子，醃鞣池和狹長遮蓋、高高的，用來晒鞣料的架子就在這裡。果然麗瑟還是坐在牆邊的椅子上，正在削一籃馬鈴薯，身邊幾個小孩傾聽著。

漢斯站在暗暗的門裡，細聽那邊的聲音。逐漸暗下來的製革廠這兒出奇的平靜，除了流經圍牆後的河流的潺潺細語，只聽到麗瑟刀削馬鈴薯，還有她說故事的聲音。孩子們靜靜蹲坐著，幾乎動也不動。麗瑟說著黑夜裡聖克里斯多夫被河那邊的孩子呼喚的故事。

漢斯聽了一會兒，轉頭輕聲地穿過黑暗的通道，然後回家。他感覺到自己再也不會是小孩子，不可能晚上再到製革廠坐在麗瑟身邊聽故事，此後就都避開製革廠以及獵鷹巷。

# chapter

# 6.

已經是深秋。深色的冷杉樹林裡，少數幾棵闊葉樹閃動著黃色和紅色，彷如火把，山谷裡起了濃霧，河流在清晨的寒氣中霧靄濛濛。

這名蒼白的前神學校學生每天還是在原野遊蕩，了無生趣又疲累，逃離那少數他原可能有的人際交往。醫師開給他藥水、魚肝油、雞蛋，還要他洗冷水澡。

這一切都沒什麼效用其實一點也不奇怪。每個健康的生活都要有內涵與目標，而這正是年輕的吉本拉特所失落的。此時他的父親決定讓他變成寫字員或是去學個手藝。這年輕人雖然還很虛弱，需要再增加些力氣才行，但現在應該可以考慮讓他做些正經事。

自從最初的迷惑緩和下來，也不再相信自己會自殺之後，漢斯就從激動而起伏不定的焦慮狀態落入一種持續的憂鬱，緩慢而毫無抗拒，就像沉入柔軟的泥淖中。

現在他在秋天的原野四處走動，接受季節的影響。秋天接近，落葉靜謐無聲，草地染上棕黃，濃濃的晨霧，植物成熟而無力的死亡意志驅趕著他，正如任何心情沉重、絕望和思想悲觀的病人。他感覺到和植物一起消逝的渴望，隨著它們一起沉睡，一起死去，而他的青春卻和這個願望相違背，沉默固守著生命，他感到很痛苦。

他看著樹木如何變黃，轉成棕色，樹葉褪盡，看著乳白色的霧從森林漫出，看著花園在最後一次採果後熄滅了生命，再也沒人尋找繽紛盛開的樹枝，看著河流已經沒有人再去游泳和釣魚，覆滿枯葉，只有堅韌的製革工人還能承受結霜的河岸。這幾天河裡飄著許多榨過果汁的渣滓，因為壓榨場和每間磨坊此時都忙著釀水果酒，城裡瀰漫著微醺的果汁香氣。

鞋匠弗萊格也在城郊的磨坊裡租了一部小壓榨機，並且邀請漢斯一起來榨果汁。

在磨坊前的廣場上立著大大小小的榨汁機、車輛、裝滿蘋果的籃子和袋子、雙把木盆、簍子、鐵桶和木桶、成堆的棕色蘋果渣、木頭桿子、推車、倒空的車子。榨汁機工作著，壓碎、擠壓，呻吟著擠出汁來。這些榨汁機多半漆成綠色，連同渣滓的棕黃、蘋果籃的顏色、淺綠的河水、光著腳的孩子和秋天的清澈陽光，一切都讓看到這一幕的人感染上歡樂、生命樂趣和豐饒的印象。被壓碎的蘋果發出的嚓嚓聲聽起來香酸甘甜，令人垂涎；來到這裡聽到這聲音的人，一定會隨即抓起一顆蘋果開懷大嚼。從管子裡流出大量甜美的新榨果汁，紅黃色的果汁，在陽光下歡笑著；來到這裡看到這一幕的人，一定會立刻要一杯果汁，趕快嘗一口，然後站在那兒，眼眶溼潤，覺得有一股甜美和滿足流過體內。這些甜美的果汁以它歡樂、強烈、甜美的氣味填滿周遭的空氣。這股香氣其實是一整年當中最美好的，象徵著成熟與收穫，在冬季即將來臨之前捕捉到這樣的氣息是好的，因為這讓人感激地記起許多美好而奇妙的事物：比如溫柔的五月雨，夏天的驟然大雨，涼爽的秋天晨露，和曦的春日陽光，透明滾燙的夏日灼熱，白色及粉紅色的耀眼花朵，果樹收成前的成熟、紅棕色光澤，有時還想到隨著這樣的季節變換而來的所有美麗而愉悅的事物。

對所有人來說，這都是個光輝的日子，富有和愛炫耀的人，只要肯降貴紆尊親臨現場，就把他們最好的蘋果拿在手上，數著成打或更多的袋子，用隨身攜帶的銀杯品嘗果汁，讓每個人聽到他的果汁裡沒有摻一滴水。窮人頂多只有一袋水果，用玻璃杯或是陶碗品嘗，雖然當中摻了水，但快樂、驕傲的心情並不因此而減少。不管出於任何理由，無法榨果汁的人也可以到熟人或鄰居那裡，從這部榨汁機走到下一部，到處都能斟得一杯果汁，收到一顆蘋果，然後說幾句內行話表示自己在其中也有一席之地。許多孩子，貧富不論，就拿著小杯子四處跑，各個手裡都有一顆咬了幾口的蘋果，還有一塊麵包，因為長久以來一直有個沒來由的傳說，如果一邊喝蘋果汁一邊吃麵包，之後就不會肚子疼。

幾百個聲音此起彼落，更別提孩子們的嬉鬧，所有這些聲音都是忙碌、激動而快樂的。

「來，漢納斯，這邊！到我這裡來！就喝一杯嘛！」

「多謝啊，可是我已經肚子痛了。」

「你那五十公斤多少錢？」

「四馬克，不過很棒呢，你試試！」

偶爾會發生個小厄運，一袋蘋果太早倒進機器，結果全滾到地上去了。

「老天爺，我的蘋果！快來幫忙啊，來人啊！」

所有人都幫著榨汁，只有幾個調皮孩子試著從中賺點錢。

「不要放進口袋裡，你們這些小鬼！只要你們吃得下，隨便你們怎麼吃都沒關係，但是不要藏起來。慢著，混球你，小王八蛋！」

「嘿，鄰居先生，不要這麼見外嘛！您也嘗一口！」

「像蜜一樣甜！真的像蜂蜜。您做了多少？」

「兩桶，再多也沒有了，但都是上等的。」

「幸好我們不必在大熱天裡榨果汁，不然早就被我們喝光了。」

今天那些不可或缺、壞脾氣的老人也來了，他們老早就不自己榨蘋果，但是對一切懂得更多，說起多年前的往事，當時的蘋果幾乎就像是免費的，一切都便宜得多、而且更好，根本沒想過要加糖，當時蘋果樹的產量也更多。

「那時才叫收成，我有一棵蘋果樹，結了兩百五十公斤。」

不管時代變得多糟，這些怪老人還是盡量幫忙試吃，而那些還有牙齒的，每一個都在啃著蘋果。還有一個甚至吃了幾顆大梨子，卻可憐地開始肚子痛。

「我告訴你，」他思索著：「從前我可以一次吃十顆這種大梨子。」他不停嘆息，一邊懷念起他能吃十顆梨子而不會肚子痛的年代。

在這陣喧鬧之中，弗萊格先生已經架起他的壓榨機，讓年紀比較大的學徒幫忙。他從巴登那裡採買蘋果，他的蘋果汁還是最好的之一。他沒有表露內心的喜悅，但任何人要「試」喝一杯他都不會拒絕。更高興的是他的孩子，在四周玩樂，成群一起幸福地攪和。但是最快樂的是他的學徒，即使他沒有顯露出來，因為現在他又能扎扎實實、滿身大汗地在戶外幹活，他高興到骨子裡去了，他來自北邊樹林裡一戶貧窮農家，也喜歡這好喝的香甜果汁。他健康的農家子弟臉龐掛著森林之神薩特爾般的笑容，而他那雙做鞋的手今天比任何星期天都還要乾淨。

漢斯．吉本拉特來到廣場時，沉默而憂慮，他原本是不想來的。但是走到第一部壓榨機旁，就有人遞給他一杯，而且是納修德家的麗瑟遞給他的。他嘗了一口，在嚥下那強烈、甜美的蘋果汁之際，許多過往秋天歡笑的記憶湧向他，同時有種躊躇的渴望，想再次參與榨蘋果，想玩鬧一下。熟人對他說話，把杯子遞到他手上，而當他走到弗萊格的榨汁機前面時，那蔓延的歡樂氣氛和飲料早已抓住他，改變了他。他非常高興地問候鞋匠，還說了幾則常聽到的榨汁笑話。鞋匠隱藏自己的驚訝，高興地歡迎他。

半個小時過去，這時有個穿著藍色洋裝的女孩走來，對弗萊格和他的學徒笑著，然後開始幫忙。

「對了，」鞋匠說：「這是我姪女，從海爾布隆來的，他們那裡盛產葡萄，她很習慣另一種秋收。」

女孩大約十八、九歲，活潑而風趣，就像南邊的人，長得不高但是體格不錯，身材玲瓏有致。她深色、溫暖張望的眼睛風趣而聰慧，有張漂亮而豐滿的嘴，整體而言就是個健康而爽朗的海爾布隆女孩，看起來根本不像虔誠鞋匠的親戚。她完全是屬於俗世的人，她的眼睛看起來不像是傍晚和夜間會閱讀《聖經》和高斯納[28]的格言集的人。

突然間漢斯又顯得憂心忡忡，迫切地希望愛瑪很快就想離開。但是她站在那裡，談笑著，對每個笑話都能快速應答，漢斯感到羞愧，完全安靜下來。要他和必須用敬稱交談的女孩應對，對他而言一直都是可怕的事，而愛瑪又這麼活躍、談笑風生，無視於他在場以及他的羞赧，使得漢斯笨拙又有些屈辱地縮回他的觸角，就像路邊一隻被車輪輕觸的蝸牛。他悶聲不吭，想要讓自己裝出無聊的樣子，然而他的意圖一點都不成功，他的表情看來反而像是剛剛有誰死了。

沒有人有時間注意到漢斯，愛瑪更是忙得完全注意不到。如漢斯聽說的，愛瑪十四天前才來拜訪弗萊格，但是她已經認識整座城的人了。她在廣場上到處攀高鑽低，品嘗新榨的果汁，說笑且開心大笑，然後跑回來，做出一副積極參與的樣子，把孩子抱在手上，分送蘋

28 高斯納（Johannes Evangelista Goßner, 1773~1858），德國作家，也是牧師、教堂聖詩作詞家和傳教士。

果，大聲散播歡笑和愉悅。她對每一個經過的男孩大喊：「要不要來顆蘋果？」然後拿起一顆漂亮、紅通通的蘋果，雙手轉到身後讓對方猜：「右邊還是左邊？」但總是沒能猜對，直到男孩開始怒罵，她才給他們蘋果，卻是比較小又顏色青綠的。她似乎也聽說了漢斯的事，問他是不是那個總是頭疼的男孩，但是不等漢斯回答，她已經又和隔壁的其他人聊了起來。

漢斯想退縮逃回家去，這時弗萊格卻把手把交到他手裡。

「好啦，現在你可以接手繼續榨一些，愛瑪幫你，我必須回去店裡。」

鞋匠走了，要學徒跟著師娘一起把蘋果汁抬回去，於是漢斯就和愛瑪單獨站在壓榨機旁。漢斯咬緊牙關像是面對敵人似的，這時他感到驚訝，手把為什麼那麼難轉，他抬起頭來查看，只見愛瑪銀鈴似地笑了出來：她惡作劇地正往反方向抵住，而當漢斯生氣地再次嘗試，她又這麼做。

漢斯一個字也沒說，但當他推動手把，手把卻反向抵在少女身上時，他突然感到羞愧，漸漸停了下來。一陣甜美的憂慮襲向他，那名年輕女孩咯咯地衝著他的臉笑的時候，少女的臉突然變了，變得比較友善卻更陌生，這時他也笑了一下，笨拙而羞怯。

愛瑪說：「我們不用這麼累。」然後把她剛才喝過、剩下的半杯果汁遞給漢斯。

他覺得這杯果汁很濃而且比之前喝的都要更甜，一口喝完時，他意猶未盡地望著空杯，驚訝於他的心跳得多麼急促，他的呼吸又變得多麼沉重。

之後他們又榨了一些。每當女孩的衣裳拂過他，或是兩人的手不自禁地碰觸，而漢斯試著規矩自持時，他都不知道該怎麼辦，他的心因為焦慮的幸福而停頓，一陣美好甜蜜的虛弱衝上頭，讓他的雙膝微微顫抖，讓他的腦袋裡響起暈眩的呼嘯聲。

他不知道自己說了什麼，但是他聽著愛瑪說話，回答她的問題，當她笑時，漢斯就跟著笑，如果她做了什麼蠢事，漢斯就用手指指著她幾次，然後兩口喝光從她手中拿來的果汁。與此同時，一大堆回憶掠過心頭：他時常看到夜晚和幾個男人站在門口的女傭，故事書裡的幾個句子，當時赫爾曼．海爾訥給他的吻，還有學生私下談論有關「女生」以及「有個寶貝是怎麼一回事」的話語。他的呼吸好像一匹公馬剛爬上山那般地氣喘吁吁。

一切都改變了，人們和四周的喧鬧都變成彩色嬉鬧的雲朵散開了。零星的聲音、咒罵和笑聲都降低成一陣陣模糊的嗡嗡聲，河流和老橋看起來遙遠如畫。

愛瑪看起來也不大一樣。漢斯不再看她的臉——只看著她深色快樂的眼睛和那張紅潤的嘴，嘴唇後面的白色尖牙，她的形貌消散，漢斯只看得到一些細節，一會兒是半截鞋子和上面的深色襪子，一下子是她頸子上散亂垂落的捲髮，又一會兒看著她晒黑而渾圓的頸項消失在那塊藍色方巾裡，一下子又看著她挺直的肩膀及其下方呼吸的波動，一會兒又看著她透紅的耳朵。

又過了一下子，愛瑪讓水杯掉進木盆裡，並彎腰去撿，這時木盆邊緣將她的膝蓋往漢斯的手關節壓，而漢斯也彎身，但是慢一步，他的臉幾乎碰上愛瑪的頭髮，她的頭髮有股淡淡的幽香，而在鬆捲的頭髮陰影下散發出溫暖的棕色光芒的美麗頸項，消失在藍色的緊身胸衣裡，那緊束的衣服縫隙中還露出一小片肌膚。

當她重新站起來時，她的肩膀沿著漢斯的手臂滑過，她的頭髮拂過漢斯的臉頰，而她的臉頰因為彎身而變得通紅，漢斯的四肢竄過一陣劇烈的冷顫，臉色發白，片刻間感到非常、非常深沉的疲倦，因而必須扶住榨汁機的手把。他的心起伏跳動著，他的手臂軟弱下垂，讓他的肩膀疼痛。

這時他幾乎不再說任何話，並且迴避女孩的眼光，但是只要愛瑪往旁邊望去，他就盯著愛瑪，混合了莫名的興致和罪惡感。在這一小時中，他內心有某種東西斷裂了，在他的心靈前方打開了一個嶄新、陌生而誘人的，有著藍色海岸的國度。他還不明白，或者只是約略察覺他內心這種害怕和甜蜜的折磨代表什麼，但並不知道哪一種比較強烈，是痛苦還是喜悅。

這種喜悅代表他年輕的愛欲力量的勝利，以及對強烈生命的最初預感；痛苦則代表清晨的寧靜被破壞了，他的心靈離開了童年，再也無法尋回。他這艘小船好不容易才勉強逃脫第一次船難，此刻又陷入另一場風暴的力量之中，陷入等候著的淺灘和致命的翻覆，即使是被引導得最好的年輕人在這其中也沒有導師，必須以自己的力量發現道路和救贖。

還好學徒這時折回來了，接手榨汁的工作，漢斯在那裡又停留了一會兒，希望能碰觸愛瑪，或是聽到她一句友善的話，愛瑪卻到其他人的榨汁機邊嘮噪。漢斯在學徒面前覺得害臊，於是沒說再見，就悄悄離開了。

一切都變得那麼不可思議，美好而刺激。被水果渣餵肥了的雀鷹嘈雜地飛越天空，天空從未顯得如此高遠、美麗又藍得充滿渴望。河水從不曾有這般純淨、藍綠和微笑的鏡面，堤堰的水沫不曾噴濺得這般白得耀眼。一切就像美麗的圖畫重新上了色，裱在清澈、乾淨的玻璃後面；一切都顯得正在等待盛大的慶典展開。漢斯在自己胸臆間也感覺到一種緊縮的強烈痛苦與甜蜜混合起伏的少見鹵莽感受，還有種不尋常的尖銳希望，和一種畏縮、懷疑的憂慮，好像這些都只是個夢，永遠無法成真。這樣矛盾的感覺膨脹成一道陰暗湧出的泉源，就好像某種太強烈的東西被釋放開來，獲得喘息的空隙——也許是啜泣，或者是歌唱、尖叫或大笑。直到回家後，他的這種激動情緒才稍稍緩和下來，家裡的一切當然如舊不變。

「你打哪兒回來的？」吉本拉特先生問他。

「從磨坊邊弗萊格那兒。」

「他榨了多少？」

「兩桶吧，我想。」

漢斯請求父親如果榨果汁的話，允准他邀請弗萊格的孩子過來玩。

「當然好，」父親咕噥著：「我下星期會去榨汁，到時就讓他們過來吧！」

還有一個小時才吃晚餐。漢斯走到花園裡，除了兩棵冷杉樹已經沒看到多少綠葉。他折了一段榛樹樹枝，讓它隨風飄揚，用它翻動枯萎的樹葉。太陽已經下山，山丘的黑色輪廓和細細的冷杉樹枝畫過淺藍綠、潮溼的向晚天際。一朵灰色、拖曳得極長的雲閃爍著黃棕色的光芒，緩慢而愜意地游動，有如一艘返航的船穿過稀薄、金色的空氣向山谷飄去。

被這般成熟而色澤豐滿的向晚美景以奇特而陌生的方式所感動，漢斯信步穿越花園，偶爾停下腳步閉上眼睛，試著想像愛瑪如何在榨汁的時候站在他對面，如何讓他從自己的杯子喝果汁，怎麼朝籃子彎身然後又臉色發紅地直起身來。他看見愛瑪的頭髮、裹在窄窄藍衣裳裡的身形、她的脖子、被深色頭髮遮住而成棕色的頸項，這一切都以喜悅和顫抖填滿他，只有她的臉漢斯完全再也想不起來。

當太陽沉下，他感覺不到冰涼，覺得逐漸籠罩的黝暗就像充滿神祕的面紗，是他無法形容的。因為他雖然瞭解自己愛上這個來自海爾布隆的女孩，然而對他血液中成熟男性的作用卻只是一知半解，將之當作一種不尋常的、躁動而令人疲勞的狀態。

晚餐時他感覺很奇怪，帶著轉變的心情坐在原先的環境裡。在他眼裡，父親、老傭人、桌子和器具以及整個房間突然變老了，他用一種詫異、陌生和溫柔的感覺看著這一切，有如自己剛從長途旅行返家。在他眷戀自己的死亡樹枝時，他是用告別者的痛苦，混雜著優越感受看著同樣這幾個人，如今卻是帶著歸鄉人的心情，驚訝、微笑、重新擁有。

吃完飯漢斯就要站起身來，父親以他的簡短方式說：「你想當個技工嗎，漢斯，還是當個抄寫員？」

「怎麼了？」漢斯驚訝地反問。

「你可以在下週末進入技工學校，或是隔兩週後到市議會當學徒。好好考慮一下！我們明天再談。」

漢斯站起來走出去。這突如其來的問題讓他迷亂而困惑。日常的、白天的、嶄新的生活不期然地出現在他面前，這種生活幾個月來對他一直顯得陌生，有一張鬆散的臉和一張威逼的臉，承諾和挑戰。他並不真的有興趣當技工或抄寫員，他對手工業的吃力工作有些害怕。然後他想起了一位同學奧古斯特，他成了技工，漢斯可以問他。

在考慮這件事時，他的想像變得黯淡而蒼白，這件事對他來說根本不是那麼急迫和重要。其他的事情驅動著他，讓他忙碌。他不安地在房子走廊裡走來走去，突然間他拿起帽子，離開家，慢慢走到巷子裡。他想到今天無論如何必須再見愛瑪一面。

天色已暗。鄰近的餐館傳出喧鬧聲和沙啞的歌聲，幾扇窗戶亮著，在黑暗的空氣裡隨處亮起一點又一點的微弱紅色燈光。一群女孩手挽著手，在大聲談笑中愉快地走下巷子，在不安的光線中搖擺著，像一陣年輕而快樂的溫暖波浪流過沉睡的巷子。漢斯久久地望著她們的背影，心快要跳出來。從一扇掛著窗簾的窗戶後面傳來小提琴演奏的聲音，有名婦女在井邊洗生菜。橋上有兩個年輕人和女朋友一起散步，其中一個輕挽著女孩的手臂，抽著菸。另一對則慢慢走著，緊緊依偎在一起，男孩環著女孩的臀部，而女孩把肩和頭緊貼著男孩的胸膛。以前漢斯看過這種情景幾百次，但從不曾在意過，然而此時卻有一種神祕的意義，某種模糊但帶著情慾的、甜美的意義；他的眼光停留在這兩對男女身上，而他的想像力充滿預感地驅趕接近的理智。壓抑地、在深處翻騰著，他覺得有個巨大的祕密正向他靠近，而他不知道這祕密是甜美的或可怕的，但是他同時戰慄地預感到這兩種情緒。他在弗萊格的小屋前停下腳步，提不起勇氣走進去。他進到裡面後應該怎麼做，該說些什麼？他不得不想到，當他還是個十一、二歲的男孩時經常來這裡；因為弗萊格會講《聖經》的故事給他聽，回答他好奇提出的有關地獄、魔鬼和精靈的一堆問題。這個回憶並不讓他感到舒服，而是覺得內疚。他不知道自己想做什麼，甚至不知道自己究竟期待什麼，只覺得自己正面臨某種神祕和禁忌。黑暗中站在鞋匠的門前而沒進去，這讓他覺得對不起鞋匠；如果有人看到他站在那裡，或是有人從屋裡出來，也許根本不會責備他，而是取笑他，這是他最害怕的。

他溜到房子後面，這裡能從花園圍籬看進明亮的客廳。他沒有看到鞋匠，鞋匠的太太似乎在縫東西或是織毛線，比較年長的男孩還醒著坐在桌邊看書。愛瑪走來走去，顯然忙著整理，所以漢斯一直只能偶爾看上一眼。四周如此安靜，即使巷子裡遠遠的腳步聲都清晰可聞，也能清楚聽到花園那邊的流水聲。夜色更濃了，很快就轉涼了。

客廳窗戶旁的一扇走廊小窗還暗著，過了一會兒，小窗裡出現一道朦朧的人影，探出身來看進黑夜裡。漢斯認出那是愛瑪的身影，在痛苦期待下他的心幾乎都停了。愛瑪在窗邊站了好一段時間並且靜靜望向窗外，但是漢斯不確定愛瑪是否看到或是認出自己。漢斯動也不動地盯著愛瑪，帶著不安的猶豫，既期待又害怕愛瑪會認出自己。

這道朦朧的身影從窗邊消失，花園的小門同時響起開關聲，愛瑪從房子裡走出來。漢斯嚇得想轉身離去，卻又不自覺地倚在圍籬上，看著愛瑪慢慢穿過黑暗的花園走向他，愛瑪每靠近一步，漢斯想逃走的衝動就增加一分，但是某些更強烈的情緒把他拉住了。

這時愛瑪已經站在他面前，距離不到半步，他們之間只隔著矮矮的圍籬。愛瑪仔細而好奇地打量著他。兩人好一會兒都沒說半句話，然後愛瑪輕聲地問：

「你要做什麼？」

「沒做什麼。」漢斯說。當愛瑪對他以平輩稱呼時，他有一種皮膚被輕撫過的感覺。

愛瑪把手越過圍籬伸向他，漢斯羞赧而溫柔地握住她的手，緊握了一下，這時他注意到愛瑪沒有抽回手，於是鼓起勇氣輕柔而小心地撫摸著少女的手。當她依然順從地任由漢斯撫摸之際，漢斯便把她的手貼著自己的臉頰。一陣喜悅湧上心頭，一陣奇妙的溫暖和幸福的倦怠感襲向他，他覺得周遭的空氣溫暖而微溼，他再也看不到巷子或花園，只有一張近在眼前的、明亮的臉和一團深色的頭髮。

「你想吻我嗎？」當少女非常輕聲地這麼問他時，那聲音有如來自黑夜無比遙遠之處。

少女明亮的臉貼得更近，身體的重量使圍籬木條微微向外彎，鬆散、飄著微香的頭髮拂過漢斯的額頭，而愛瑪閉上的眼睛被潔白的寬眼瞼以及深色的睫毛所覆蓋，近在漢斯眼前。

當他以羞澀的嘴脣輕觸愛瑪的脣，一陣激動的顫抖傳遍全身。在顫抖的片刻間他曾想要退縮，然而愛瑪用雙手抱住他的頭，將自己的臉貼上他的臉，不肯放開他的雙脣。他覺得愛瑪的脣有如燃燒一般，緊緊貼著他的嘴脣，饑渴地吸吮，就像要從中飲盡生命。一陣深深的虛弱制伏了他；在對方的雙脣離開他之前，那種顫抖的喜悅轉變成極端的疲憊和困窘，而當愛瑪放開他時，他身體搖晃著，用糾結的雙手緊抓住圍籬。

「你明天傍晚再過來。」愛瑪對他這麼說，然後快速地進屋去。愛瑪離開還不到五分鐘，漢斯卻覺得已經過了一段非常漫長的時間。他用空洞的眼光目送愛瑪的背影，雙手依舊緊抓著圍籬，覺得自己累壞了，一步也走不動。彷如在夢境中，他聽著自己衝向腦袋的血液，從心臟以不規律而痛苦的脈動往回流，讓他喘不過氣來。

這時他看見房門打開，鞋匠走了進去，他先前一定是還在店鋪裡。擔心被人發現的恐懼籠罩上心頭，促使他趕緊離開。他拖著腳步慢吞吞地走著，就像微醺的人一樣步伐不穩，每一步都覺得膝蓋快要癱軟下去。黑暗的巷子和打瞌睡的山牆，以及暗紅色的窗眼有如褪色的布景般流過他身旁，還有小橋、河水、屋舍和花園也是。葛爾柏巷水井裡的水拍擊得特別大聲，而漢斯像夢遊似地開了門，穿過漆黑的門廊，走上樓梯，打開一扇門後關上，然後又是另一扇門，看到放在那裡的桌子就坐了下來，隔了好一會兒才清醒過來，察覺自己已經回到家裡坐在自己的房間。又過了一陣子他才想起要脫衣服。他心神散渙地做著這些事，就這麼脫了衣服坐在窗邊，直到秋夜的寒霜讓他冷透了才躺到枕頭上。

他以為一定很快就能入睡，但才剛躺下，身子略暖一些，心又開始跳個不停，血液也不規律地強烈湧動。他一閉上眼睛，就覺得女孩的唇好像依然貼著自己的嘴唇，吸出他的靈魂，用折磨的熱氣填滿他。

他很晚才睡著，卻跌入被一個接一個夢境追趕的恐懼。他在憂慮的深沉黑暗中起身，摸索著抓住愛瑪的手臂，愛瑪抱住他，兩人一起慢慢沉入深深的暖流中。突然間鞋匠站在漢斯眼前，問他為什麼再也不來拜訪自己，然後漢斯忍不住笑了，因為他發現那不是鞋匠弗萊格，而是赫爾曼．海爾訥，他跟自己坐在茅爾布隆的小禮拜堂裡的窗戶旁開著玩笑。但是這一幕也立刻消失，而他站在壓榨機旁，愛瑪往反方向頂住壓桿，他用盡力氣加以對抗。愛瑪彎身過來尋找他的嘴脣，一切安靜、暗沉下來，這時他又墜入溫暖、黑暗的深淵，因為頭暈而失去知覺，但是同時又聽見教務長在訓話，他不知道這番話是否針對他而來。

然後他一直沉睡到天亮。那是個愉快的好日子。他慢慢地在花園裡來回走著，努力讓自己清醒，但霧靄般的濃濃睡意依然包圍著他。他看到紫菀，那是花園最後盛開的花朵，在陽光下美麗、歡快地綻放著，有如時序還在八月，看著溫暖、可愛的陽光流過乾枯的枝條，以及樹葉凋零的藤蔓，就好像早春時節。但是他只是看著，並沒有切身的體驗，這一切和他都不相干。突然間有個清楚而強烈的記憶捉住他，那是他的兔子還在這花園裡四處跑跳，他的水輪車和錘式磨子還在運轉的時候。他不禁想到三年前的一個九月天，賽丹節[29]前夕；奧古

---

[29] 賽丹節（Sedanfest），為慶祝德國在一八七〇年戰勝法國的節日，在每年九月二日慶祝。

斯特來找他，給他帶了長春藤，然後他們一起把升旗杆洗得發亮，並且將長春藤固定在金色的杆頂上，一邊興高采烈地說著明天的事，期待明天降臨。其實沒什麼，什麼特別的事也沒發生，但是他們倆都充滿節慶心情和無比的快樂，旗子在陽光下閃耀，安娜烤了李子蛋糕，等到深夜要在高高的岩石上點燃賽丹之火。

漢斯不知道為何偏偏今天特別想起那個晚上，不知道這個回憶為何這麼美、這麼強烈，也不知道為何這個回憶讓自己感到如此悲慘而哀傷。他不知道在這個記憶的覆蓋之下，童年和少年時期又再一次在他面前快樂而歡笑地浮現，為的是和他告別，留下曾經發生而不再復返的無比快樂造成的刺痛。他只感覺到這個記憶，和對愛瑪還有昨晚的想念兩者不能並容，他心裡正在出現的某種東西，和當時的快樂是無法並存的。他覺得自己好像又看到那金光閃閃的旗杆頂，聽到他的朋友奧古斯特在笑，聞到剛烤好的蛋糕香味，一切都那樣歡樂、幸福，距離他那麼遙遠又陌生，讓他靠在大雲杉的粗壯樹幹上，開始絕望地啜泣，這一刻只有哭泣才能帶給他安慰，讓他得到紓解。

中午他去找奧古斯特，這位朋友現在已是學徒中資格最老的了，身材高壯。漢斯告訴朋友他的來意。

「這是不容易的，」他的朋友說著，擺出一副老練的模樣：「這是很不容易的，因為你是這麼弱不禁風。第一年你得一直在鐵鉆旁愚蠢地敲打個不停，這種鐵鎚可不是湯匙。而且還要扛著鐵塊走來走去，晚上要清掃整理，用銼刀打磨也要用力氣，剛開始，在你動手做些什麼之前，只能拿到舊銼刀，根本磨不了什麼，光滑得跟猴子屁股似的。」

漢斯聽了立刻變得洩氣。

「哦，那麼我還是不要做這行吧？」漢斯怯弱地說。

「我的天啊，我可沒這麼說！不要馬上就退縮嘛！只有一開始比較困難，其餘的嘛，是啊，技工是屬於精細的東西，你知道，也要有個好頭腦，不然就只能當一般的鐵匠了。你過來看看！」

他拿出一些小小的、做工精細的機械零件，全是用打磨過的鋼製作的，他把東西拿給漢斯看。

「對，這不容許有半公釐的失誤，完全手工打造，連螺絲都是。眼睛可要睜大些！現在這些還要磨光和硬化，然後才算完成。」

「是，這滿漂亮的。如果我早知道——」

奧古斯特笑了。

「你害怕了？的確，學徒就只能乖乖接受教導，其餘一切都不管用。但我還在這裡，我會幫你的。如果你從下星期五開始，那我剛好結束第二年學徒修業，星期六就能拿到第一次週薪，然後我們會慶祝一下，有啤酒、蛋糕，所有人都可以參加，到時你就可以瞭解我們那裡的情況。嗯，到時你就會知道！再說，我們之前本來就是好朋友。」

吃飯的時候，漢斯告訴父親他想當技工，想知道是否可以在一個星期之後開始。

「那好。」父親說，下午他就和漢斯一起去學徒工廠登記。

但是天色開始暗下來時，漢斯差不多已經忘了一切，只想著晚上愛瑪等著他。他的呼吸現在就已經變得急促，時間一下子覺得太漫長，一下子又很短促，他急著想會面就像船行急流一樣。當晚的晚餐不值一提，漢斯才喝一杯牛奶就出門了。

一切就像昨天一樣──黑暗、沉睡的巷子，死寂的窗戶，昏暗的燈光和緩緩散步的情侶。

來到鞋匠花園的圍籬邊時，他忽然覺得很可怕，每當有什麼聲響發出，他就驚嚇得縮成一團，覺得站在黑暗裡傾聽的自己就像小偷一樣。還等不到一分鐘，愛瑪已經站在他面前，用手滑過他的頭髮，為他打開花園的門。他小心翼翼地進門，然後愛瑪拉著他，輕聲穿過樹叢圍繞的小徑，穿過後門到達昏暗的門廊。

他們倆並肩坐在通往地下室的第一級台階，過了好一會兒才勉強能在黑暗中看到對方。女孩的心情很好，低聲開始說話。他們親吻了幾次，對歡愛之事瞭解不多；害羞、溫柔的男孩正適合愛瑪。愛瑪用雙手捧著他狹長的臉，親吻他的額頭、眼睛和臉頰，當她吻到他的嘴脣時，她又同樣長長地、吸吮地吻著漢斯，男孩因此感到昏眩，鬆軟無力地靠在愛瑪身上。

她輕聲笑著，輕拉漢斯的耳朵。

愛瑪不停說話，漢斯傾聽著卻不知道自己聽到了什麼。愛瑪用手撫過他的手臂、頭髮，經過他的頸子和手，臉頰貼著他的臉，頭靠在他肩上。漢斯沉默不語，任由一切發生，被一種甜美的恐懼和深深的幸福痛楚所填滿，有時像個發燒的病人短暫又輕微地抖一下。

「你真是個寶貝！」愛瑪笑著說：「你什麼都不敢做嘛。」

然後她握著漢斯的手，隨著她的手一起滑過她的頸項，穿過她的頭髮，然後放在自己的胸部，往下壓。漢斯感到她胸部柔軟的輪廓和甜美陌生的波濤，他閉上眼睛，覺得自己沉到無底深淵裡。當愛瑪想再度吻他時，他抗拒地說：「不！不要再吻了！」愛瑪笑了。

於是愛瑪把他拉近身邊，將他的身側貼著自己身邊，用手臂環繞著他，讓他感覺到她的身體，讓他完全神魂顛倒，再也說不出任何話。

「你也喜歡我嘛？」愛瑪問他。

他想說是，但是他只能點頭，而且連續點了好一陣子。

愛瑪再次抓起他的手，然後開玩笑地往她緊身衣裡推。漢斯那樣灼熱而貼近地感覺到陌生身體的心跳和呼吸，他的心跳讓他窒息，他以為自己要死了，他的呼吸變得非常困難。

他把手抽回來，結巴地說：「現在我必須回家了。」

就要站起來時，他一陣搖晃，差點從地下室的台階滾下去。

「你怎麼了？」愛瑪驚訝地問他。

「我不知道，我好累。」

他沒有感覺到是愛瑪扶著他走上通往花園圍籬的小徑，並且緊貼著他，也沒聽到愛瑪向他道晚安，然後在他身後把小門關上。他穿過巷子走回家，不知道自己是怎麼回到家的，覺得好像有陣強風拉著他，或是有條奔騰的激流衝擊著他前進。

他看看左右兩旁蒼白的房舍，往上越過山脊、冷杉樹梢、夜晚的黑暗，以及大大地掛在天上的寧靜星星。他感覺到風的吹拂，聽到河流湧過橋柱，看到花園、蒼白的房子、夜晚的黑暗、路燈和星星倒映在水裡。

他必須在橋上歇歇腳，他是如此疲累，覺得自己再也回不到家。他坐在護欄上，聽著流水摩擦橋柱，呼嘯地穿過堤堰和磨坊柵欄發出的聲音。他的雙手冰涼，血液湧到了胸膛和喉頭，在那裡停滯，在那裡奔流，讓他眼前發黑，然後又突然推擠著衝回心臟，教他頭昏不已。

他回到家，走進房間，躺下後便立即睡著，在夢中從一個到另一個深谷，奔過無數的空間。半夜裡他痛苦而筋疲力盡地醒過來，直到清晨都在睡夢和清醒之間躺著，內心被陰暗的渴望所充滿，被無法控制的力量拋來拋去，直到大清早他的所有折磨和苦惱讓他大哭一場，然後在淚水浸溼的枕頭上再度入睡。

chapter

# 7.

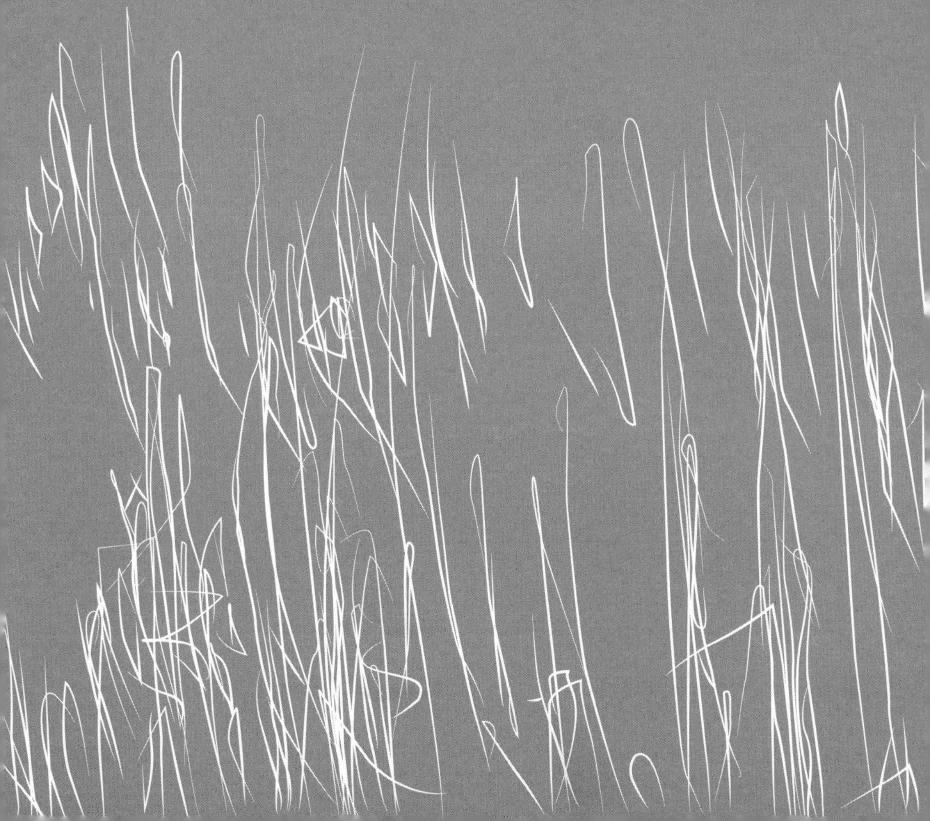

吉本拉特先生鄭重地操作著壓榨機，發出震天價響的聲音，漢斯在一旁幫忙。鞋匠的孩子之中有兩個受到邀請前來，正忙著吃蘋果，兩人一起喝一小杯果汁，手裡拿著很大塊的黑麵包，但是愛瑪沒有一起來。

直到父親和木桶匠離開半小時之後，漢斯才敢問起愛瑪。

「愛瑪在哪裡？她不能來嗎？」

過了好一會兒，兩個小傢伙的嘴巴才得空說話。

「她走了。」他們邊說邊點頭。

「走了？到哪裡去了？」

「回家了。」

「啟程了嗎？搭火車嗎？」

小孩拚命地點頭。

「什麼時候走的？」

「今天一早。」

小傢伙又開始吃蘋果。漢斯在壓榨機上東壓西按，盯著蘋果籃，然後慢慢明白了。

父親回來了，大家邊工作邊說笑，孩子們道謝後就跑開了，天色已晚，眾人都返家了。

晚飯後，漢斯獨坐在自己房裡，十點了，十一點了，他都沒點燈。然後他睡得很沉、很久。第二天他比平常醒得晚，只模糊感覺到有些不快樂和失落，直到他又想起愛瑪。愛瑪離開了，沒打個招呼，也沒有道別；昨晚漢斯去找她的時候，她一定早就知道自己何時要離開。漢斯想起她的笑容、她的吻，還有她主動的付出。她根本不在乎漢斯。

他激動而未獲滿足的愛欲力量隨著憤怒的痛苦，一起變成壓抑的折磨，驅使他從房子走到花園，走去街上，走進森林，然後又走回家。

他因此體驗到愛情的祕密，也許太早了點，對他而言，這份經歷帶來的甜蜜太少、苦澀太多。白天淨是被無結果的抱怨、渴望的回憶、毫無希望的冥想所填滿；夜裡，激跳的心和抑鬱讓他不能入睡，或者墮入可怕的夢境。在這些夢境裡，他不明起伏的血液變成令人非常害怕的寓言圖像，變成死死緊纏的手臂，變成眼熱的幻想，搖晃的深淵，巨大而火焰沖天的眼睛。醒來時他發現自己孤單一人，被冷涼秋夜的孤寂所包圍，他因思念自己的女孩而感到痛苦，嗚咽地將自己埋進哭溼的枕頭裡。

星期五，也就是他即將進入技工工房的日子，越來越近了。父親為他買了藍色的亞麻布工作服，還有一頂藍色棉毛混紡的工作帽，他試了一下，覺得自己穿著鉗工制服相當可笑。經過學校，經過校長或是數學老師的住家，經過弗萊格的工廠或是牧師屋舍的時候，他就覺得可悲。這麼多的痛苦、勤奮，這許許多多被犧牲掉的小小愉悅，這許許多多的驕傲和虛榮、以及充滿希望的夢境，一切都白費了，只因為如今，他比所有同學起步更晚，還會被所有的同學取笑，他才剛要當名小學徒進入工廠學習！

對這件事，赫爾曼．海爾訥會怎麼說呢？

他後來才逐漸習慣這件藍色的鉗工制服，才有點期待要去當學徒的那個星期五。至少屆時會有些新經歷！

然而這個想法頂多像是黑暗雲朵放出的快速閃電，漢斯難以忘懷愛瑪的離去，他的血液更沒有忘記或克服這些日子的激動。它企求、呼號著更多，渴求它的思念能得到解脫。時間就這樣沉悶而充滿痛苦地緩慢流逝。

這個秋天比往年的都更美，充滿和煦的陽光，有著銀色的清晨，彩色歡笑的中午以及清澈的傍晚。遠山染上深深的絲絨藍，栗子樹閃耀著金黃色，牆上、圍籬上掛滿紫色的野葡萄葉。

漢斯不停地想逃離自己，整天在城裡和原野漫遊，迴避人群，因為他認為大家一定會注意到自己的情傷。但是晚上他會走進巷子，帶著罪惡感看著每名女傭，尾隨每對情侶。愛瑪曾讓他覺得所有值得追求的東西和一切的生命魔法可以是那麼接近，然後又狡詐地溜走。他不再去想在愛瑪身邊感覺到的折磨和壓抑。如果愛瑪能重新回到他身邊，他想自己將不會再那麼害羞，而是揭開她所有的祕密，完全進入渴望的愛欲花園，這花園的門如今在他面前關上了。他的所有幻想糾結在這悶熱、危險的叢林裡，躊躇亂走，在頑固的自我折磨中一點都不想知道，狹窄的魔境之外另有廣大的空間，明亮而友善。

起初擔心等待著的星期五終於來臨，最後他還是為此感到高興，當天早上他準時穿上新的藍色工作服，戴上帽子，有點猶豫地沿著葛爾柏巷走下去，前往學習工廠。幾個熟人好奇地看著他，其中一個還開口問他：「怎麼了，你當鉗工了？」

工廠裡已經迅速展開工作，師傅正在鍛鐵，把一塊紅熱的鐵塊放在鐵鉆上，一名技工拿著沉重的鐵鎚，師傅則在進行更細緻、成形的搥打，掌握著夾鉗，間或用拿在手上的輕便小鎚在鐵鉆上敲打著節奏，輕快的敲擊聲明亮而愉悅地穿越敞開的大門，傳進了清晨。

在長長的、被油垢和打磨帶沾得黑黑的工作檯旁站著比較年長的技工，然後旁邊站著奧古斯特，每個人都在自己的鑽鎖檯上忙碌著。天花板上迅速轉動的皮帶嗡嗡作響，這條皮帶帶動車床、磨石、鼓風袋和鑽孔機，因為這裡是用水力做為動力的。

奧古斯特對走進來的同學漢斯點點頭，並指示他應該在門邊等著，直到師傅有時間指導他。

漢斯羞澀地看著鍛爐、沉寂的車床、呼呼作響的皮帶還有空空如也的轉盤。

當師傅鍛好一塊鐵之後，他走了過來，並且把他堅硬而溫暖的大手伸向漢斯。

「你可以把帽子掛在那裡。」他說著，指著牆上空著的釘子。

「那麼，來吧。這是你的位子和你的鎖檯。」

他一路把漢斯帶到最後一個鎖檯前，並特別指導他如何操作鎖檯，指示他必須維持工作檯和工具整齊。

「你爸爸已經跟我說，你不是大力士，我也看得出來。所以你可以先不要練習打鐵，等你變強壯一些再說。」

他伸手到工作檯底下，拉出一個小鑄鐵齒輪。

「那你就從這個開始吧。這個齒輪才剛煉鑄出來，隨處都是小突起和鐵刺，必須把這些磨掉，否則之後會損壞其他精密的零件。」

師傅把齒輪固定在鎖檯上，拿出一把舊的銼刀，教漢斯該怎麼做。

「就這樣，現在你接著做。但是不要換別的銼刀！到中午之前你有夠多東西要打磨的，完成後給我看看。在工作上，你只要專心做我吩咐的事，其餘都不必理會。學徒不必有什麼想法。」

漢斯開始打磨。

「停！」師傅喊著：「不是這樣。左手要這樣放在銼刀上。還是你是個左撇子？」

「不是。」

「好。這樣就可以了。」

師傅走回自己的鎖檯，就在門邊的第一個，漢斯則認真想著自己該怎麼打磨。

第一刀磨下時，漢斯覺得很驚訝，這東西居然這麼軟，這麼容易磨掉。隨後他看到磨掉的只是最外層的斑駁煉鑄邊緣，下面才是他要磨光的粗鐵。他集中精神，奮力磨下去。自從幼年遊戲似的做一些手工藝以來，他從未體驗到在自己手底下能做出看得到、有用的東西的樂趣。

「慢一點！」師傅往他這邊喊著：「打磨的時候要有節奏，一、二，一、二，然後壓下去，否則銼刀一下子就壞了。」

最年長的技工在車床邊忙著，漢斯忍不住斜眼偷瞧。有條鋼條被夾在轉盤上，皮帶安在上面，鐵條閃光地呼嘯著，快速旋轉著，技工把一片薄薄的、發光的鐵屑取下。

四周都是工具，鐵塊、鋼版和黃銅，半成品，閃亮的小齒輪，鑿子和鑽子，旋轉鑿和各種形狀的拉刀，煉爐旁邊掛著鐵鎚和立鎚、鐵鉆盤、夾鉗和焊槍，沿著牆壁是一長串銼刀和銑刀，地上是油布、小掃帚、潤滑銼刀、鐵鋸、油壺、酸瓶、鐵釘盒和小螺絲籃。

磨石隨時都有人在用。

漢斯滿意地發覺自己的手已經完全黑了，希望自己的制服很快就看起來舊些，因為現在這身衣服又新又藍，比起其他人黑漆漆、東補西綴的衣服顯得可笑又突兀。

隨著上午的時間過去，外界生活也會進入工廠。鄰近的紡織工廠工人過來，請他們幫忙打磨或修理一些小的機械零件。有名農夫來問他送修的洗衣滾筒，一聽到還沒修理好就開口咒罵。接著來了一位優雅的工廠老闆，和師傅坐在隔壁的房間裡商討事情。

在此同時，工人、轉輪和皮帶繼續有規律地工作著，漢斯於是生平第一次聽到並瞭解工作的讚歌，這至少對初學者是有些感動且讓人陶醉的，覺得自己這個渺小的人物和平凡的生命融入到一個偉大的節奏裡。

九點一到，有十五分鐘的休息時間，每個人都拿到一塊麵包和一杯蘋果汁。這時，奧古斯特才和新來的學徒漢斯打招呼，他對漢斯說了一些鼓勵的話，接著又熱切地說起下個星期日要和同事們一起慶祝第一次領到薪水。漢斯問他自己在磨的輪子是做什麼用的，得知那是要用在一座塔鐘上。奧古斯特原本想讓他看看這鐘以後會怎麼運作，但是工人領班已開始打磨，於是每個人又快速走回自己的位子。

十點到十一點之間，漢斯開始覺得累了，膝蓋和右手臂有點痛。他把重心從一腳換到另一腳，偷偷地伸展關節，但是沒有太大幫助。於是他把銼刀放下一會兒，然後用手撐在鎖檯上。沒有人注意到他，他就這麼站著休息，聽著皮帶的嗚唱聲，他感到一陣輕微的頭暈目眩，於是把眼睛閉上了一分鐘。那時師傅正好就站在他身後。

「怎麼回事？你已經累了？」

「是的，有一些。」漢斯承認。

其他技工笑了。

「這也是會發生的。」師傅平靜地說：「那麼你現在可以來看看是怎麼焊接的，過來！」

漢斯好奇地看著別人怎麼焊接：首先將焊條加熱，再來是將焊接點用焊接水塗抹，然後將加熱以後的焊條滴到白色的金屬上，發出輕微的滋滋聲。

「拿一塊抹布，好好地擦拭這東西。焊接水會浸蝕，不可以留在任何金屬上。」

之後漢斯又站在自己的鎖檯前面，用銼刀磨著小齒輪。他的手臂疼痛，必須壓著銼刀的左手也變得紅腫，開始痛了起來。

中午時分，當資深技工把銼刀放在一邊走過去洗手的時候，漢斯把他完成的東西拿給師傅看，師傅很快地看了一眼。

「沒錯，這樣就可以了。在你位子底下的箱子裡還有另一個同樣的齒輪，你下午就磨那個。」

於是漢斯也洗了手，然後走開。他有一個鐘頭可以休息吃飯。

有兩名商店學徒，他們是漢斯小學的同窗，在街上正好走在漢斯後面，他們取笑他。

「國家考試鉗工！」其中一個叫著。

漢斯加快腳步。他並不清楚自己是否真的滿足；他喜歡在工廠裡工作，只是他很累，徹徹底底地疲累。

他走到家門前，就在開始期待能坐下吃飯時，不由自主地突然想到愛瑪，他一整個上午都忘記她了。他輕聲走到自己的小房間，躺在床上，因折磨而呻吟。他想哭，眼淚卻流不出來。他無望地看著自己又對強烈的渴望投降，腦袋因為波濤洶湧而痛苦，喉頭因為窒息的抽噎而疼痛。

午餐時間是種折磨，他必須和父親談話，告訴他所有的事情，還得勉強聽父親講些小笑話，因為父親的心情不錯。一吃完飯，漢斯就走到花園裡，在太陽底下半做夢地度過十五分鐘，然後又是回工廠的時間了。

上午就已經紅腫的手，現在開始變得十分疼痛，到了傍晚雙手已腫到無法拿東西，一拿就痛。下班之前他還必須在奧古斯特的指導下打掃整座工廠。

星期六的情況更糟，他的雙手灼熱，腫起的地方脹大出水泡。師傅的心情不好，一發生任何小事就開始咒罵。奧古斯特雖然安慰漢斯，腫脹只會持續幾天，然後手就會變硬，不再有感覺。但是漢斯覺得自己痛苦得要命，整天都偷瞄著時鐘，無望地磨著他的小齒輪。

傍晚清掃時，奧古斯特低聲告訴漢斯，明天他要和一些同事去比拉賀，一定會很好玩又有趣，漢斯絕不能缺席。奧古斯特會在兩點過去接他。漢斯答應了，雖然他最想做的是整個星期天在家裡睡覺，他是那麼虛弱又疲勞。回到家之後，老安娜給他一種藥膏塗抹受傷的手。漢斯八點就上床睡到第二天上午，必須匆忙就緒才能和父親一起上教堂。

中午吃飯時，漢斯開始說起奧古斯特，說他今天要和奧古斯特去野外玩。父親並沒反對，甚至給他五十芬尼，只要求他必須回家吃晚飯。

漢斯在美麗的陽光下漫步行過巷子，這是他幾個月來首次在星期天感到喜悅。熬過了雙手漆黑而關節疼痛的工作天，街道顯得更莊嚴隆重，陽光更明亮，一切都顯得更歡樂更美好。他如今瞭解，坐在家門前陽光下的椅子上的屠夫、皮革匠、麵包師和鐵匠，為何看起來有如國王一般開心，他再也不會把他們當成可悲的凡夫俗子。他看著工人、技工、學徒成排地散步，或是到酒館裡，帽子歪歪地戴在頭上，穿著雪白領子的襯衫和燙平的週日服裝。通常，即使不是隨時，工匠會和工匠湊在一起，木匠和木匠，水泥師和水泥師，他們各自聚在一起，維持他們階層的光榮。各種工匠之中，鉗工是最受尊崇的行業，尤其是機械技師。這一切都帶有某種家鄉的熟悉感，即使其中有些顯得幼稚且可笑，背後卻是隱藏著手工匠的崇高興與驕傲；即便是今日，他們依舊體現著一些令人愉悅且可敬的事物，就連最悲微的裁縫學徒，也能從中得到一絲光明。

就像年輕的機械技師站在學校房舍前面，安靜而驕傲，對走過的人點頭致意，技師們彼此交談，從這點就可以看到他們形成一個可信賴的社團，不需要外人的參與，即使在星期天作樂也是如此。

漢斯也感覺到這點，並且高興自己是其中一分子。然而他對計畫中的週日出遊有些小憂慮，因為他聽說技師在享受生命時是強烈而豐富的。他們也許還會跳舞，漢斯不會，此外他還想到要盡量裝得有男子氣概，必要時還得冒險來個小醉。他不習慣喝許多啤酒，抽菸方面得費勁才能小心地抽完一根雪茄，而不至於可憐兮兮、丟盡顏面。

奧古斯特歡欣喜悅地跟漢斯打招呼。他告訴漢斯，雖然年紀比較大的技工不會一起來，但是會有另一間工廠的同事，至少能湊成四個人，這已經足夠把整個村子翻過來。今天每個人都可以喝啤酒喝到盡興，因為他請客。他給漢斯一根雪茄，然後他們四個慢慢開始行動，慢慢逛著，驕傲地走過城市，快到椴樹廣場的時候才開始快步走，好及時到達比拉賀！河流的鏡面閃爍著藍色、金色和白色光芒，透過林蔭道上幾乎完全光禿的楓樹和刺槐，溫和的十月陽光灑下，高高的天空是無雲的淺藍。這是一個安靜、純淨而友善的秋日，已經過去的夏天所有美好的事物就像沒有痛苦、微笑的記憶，填滿溫和的空氣，讓孩子們遺忘季節的遞嬗，以為他們還必須尋找花朵，老人家思索的眼光從窗戶或屋前長條凳望進空氣裡，因為他們覺得這不只是這一年的友善記憶，而是他們一生的記憶，清楚飛過清澈的藍天。年輕人的心情愉快，讚嘆這美好的天氣，根據他們的天賦和脾氣，以獻酒或獻牲口，以歌唱或舞蹈，一起喝酒或是大打一架，因為到處都烤了新鮮的水果蛋糕，剛榨出的蘋果汁或是正放在地窖裡發酵的葡萄酒，小提琴或是口琴的樂聲在飯館前和椴樹廣場上慶祝著一年最後這些美好的日子，邀請眾人一起跳舞、唱歌或打情罵俏。

年輕小夥子快速前行，漢斯裝出不在乎的樣子抽著雪茄，驚訝自己居然抽得還不錯。同伴敘述他的流浪歷史，沒有人介意他滿口誇大，因為這乃談起這類故事時必然有的。即使是最謙虛的技工，如果他有了固定工作，確定不會被人識破，他就以誇大、輕快甚至傳奇的口吻述說自己的流浪時期[30]。因為技工學徒生涯美妙的詩句是人民的共同財產，從個別的傳說濃縮成傳統、古老的冒險故事，卻又重新賦予嶄新的點綴，每名流浪的乞丐一旦開始說起自己的故事，裡面都會有一段不朽的搗蛋鬼歐矣仁史匹格[31]，以及一段不朽的無名氏事蹟。

「在法蘭克福，我當時所在的地方，老天，那時還稱得上生活！我從沒說起這一段，那是一個有錢的商人，貪嘴的猴子，想要跟我師傅的女兒結婚，但是她叫他回家去，因為她更愛我，當了我四個月的愛人，要不是我和那個老頭吵架的話，我現在說不定留在那兒當他的女婿呢。」

然後他又繼續說，師傅那個惡棍想找他麻煩，可悲的出賣靈魂的人，有一次居然敢對他

30 大約自中古世紀後期到工業化開始之前，德國的工匠學徒必須到處流浪為人工作，經過一段時期後，才能考試進而當師傅。

31 歐矣仁史匹格是德國中世紀傳說中的一個人物，據說他出身農家，喜歡製造惡作劇與上流社會及特權階級作對。後世把他視為英雄，並將其惡作劇故事廣為流傳。

動手，但是他一個字也沒說，只是把鑄鐵鎚拿在手上，就這樣瞪著老頭，師傅還是珍惜自己腦袋的，於是安靜走開，之後以書面辭退他，那個膽小鬼。然後他又說起在歐芬堡大打一場的事蹟，當時是三名鉗工加上他，聯手把七個工廠小工打得半死——到歐芬堡只要問一下那個高高的喬治就知道了，這個傢伙還在那裡，當年他也在現場。

他以冷淡、粗魯的語調敘述，夾帶著驕傲和得意之色，每個人都饒富趣味地聽著，並且暗自決定以後也要在其他地方對其他同事說這故事。因為每名鉗工都曾經愛上師傅的女兒，也曾拿起鐵鎚追打可惡的師傅，都曾和七名工廠工人打得死去活來。這個故事一下子發生在巴登，另一回在黑森這個聯邦或是瑞士，這次用鐵鎚，下回用銼刀或灼熱的鐵條，再下回不是工廠工人而是麵包師或裁縫，但總是同一個老掉牙的故事，大家也總是喜歡聽這個故事，因為它古老而美好，讓這行的人覺得光榮。但這並不表示今天流浪工人之中不再出現這類人，是體驗生活還是發明的天才，這兩者基本上也沒有差別。奧古斯特特別受這些故事吸引，覺得很有趣，他不停笑著表示贊同，覺得自己已經是半個技工，以蔑視的享受表情把煙噴進金色的空氣裡。說故事的人則繼續扮演自己的角色，因為這關乎將自己的參與表現成善意的自我降格，身為技工的他照理說在星期天是不會和學徒一伙的；此外，他也應該為居然還喝掉學徒微薄的薪水感到羞愧。他們沿著河流走了好一段公路，接著可以選擇慢慢往上爬蜿蜒上山的公路，或是走只有一半路程的陡峭步道。他們選擇走公路，即使它比較遠、灰塵也比較多。步道是工作日和散步的紳士走的；特別是在星期天，老百姓卻喜歡走還沒失去詩意的公路。爬上陡峭的步道是農夫或喜愛大自然的城市人會選的，是為了工作或運動，但對一般人卻沒什麼樂趣。相反的，公路可以悠哉地前進，一邊聊天，省得弄壞靴子和週日穿著，可以看到車輛和馬匹，遇到其他步行的人，趕過他們，梳理整齊的女孩和唱著歌的一群男孩相遇，可以互相呼喊笑話，讓人笑著回敬一個，可以讓人站著聊天，可以跟隨取笑落單的女孩，或是晚上和好同伴在一起以實際行動表現、比較個人差異！於是他們走公路，以大轉彎從容而友善地沿著山邊，就像有時間而不想流汗的人喜愛的那樣。技工脫下外衣，繫在肩膀上的木杖上，不再說故事，他現在開始吹口哨，非常鹵莽而充滿活力，直到一個小時後他們到達比拉賀為止。他們稍微譏諷了漢斯幾次，漢斯本身並未強烈反彈，反而是奧古斯特積極地護著他。接著他們就抵達比拉賀。

這個有著紅石瓦和銀灰稻草屋頂的村子坐落在秋天的果樹之間，後方聳立著黑色山林。幾個年輕人對於要到哪一家酒館各有主張，「船錨」有最好的啤酒，但是「天鵝」有最棒的蛋糕，而「銳角」的老闆女兒最漂亮。最後奧古斯特排除眾議，決定去「船錨」，並且眨眼表示「銳角」在幾杯啤酒之間也不會跑掉，之後還能再過去。大家都接受，於是就近到村子裡，經過畜欄和爬滿天竺葵的低矮農舍窗戶，往「船錨」出發，那金色的招牌透過兩棵幼小、圓圓的栗子樹在陽光下閃爍地引誘著。這群小夥子本想坐在裡面，可惜酒館客滿，只能遺憾地坐在花園裡。

「船錨」在客人眼中是精緻的酒館，也就是說並非傳統的農夫酒館，而是現代的磚造建築，開了許多窗戶，放的是一人坐的椅子而非長條椅，還有許多彩色的鉛製廣告牌，以及都市風情穿著的女酒保和酒館老闆，老闆從來不是穿著襯衫捲起袖子，而是隨時整套時尚的棕色西裝。他原本已經破產，但是向他的主要債主——一家頗有規模的啤酒釀造商——租借了自己的房子，從此以後就變得更優雅。花園裡有棵刺槐，四周圍繞著刺網，目前已經被野葡萄爬得半滿。

「祝大家健康，你們幾個！」技工大聲說，然後和其他三個人碰杯。為了誇耀，他一口氣乾杯。

「喂，你，漂亮的小姐，酒杯空了；請立刻再送一杯上來！」他對著女酒保說，隔著桌子把酒杯伸給她。

啤酒很棒，冰涼而且不會太苦，漢斯高興地嘗著啤酒。奧古斯特一臉行家的表情，用舌頭咂聲喝著，偶爾還抽菸抽得像具壞掉的爐子，總是讓漢斯感到驚訝。

如此這般度過快樂的星期天，坐在酒館桌子旁邊，就像個理直氣壯能這麼做的人，和一些想痛快生活、取樂的人在一起，這一點也不壞。能和別人一起笑，有時自己也大膽開個玩笑，這是美好的、男子氣概的。喝完酒之後刻意把杯子重重往桌上一放，放肆地大喊：「再來一杯，小妞！」和隔壁桌的熟人喝一杯是美好的，把冷掉的雪茄菸掛在嘴角左邊，把帽子推到頸項上也是。

一起來的陌生技工這時興致也來了，開始講起故事。他認識一名烏爾姆的鉗工，能一口氣喝二十杯啤酒，好的烏爾姆啤酒，等他一喝完還抹抹嘴說：現在再來一瓶好酒！他在坎斯達特還認識一名鍋爐工，他能連續吃下十二條乾香腸，因此贏得賭局。但是第二次打賭他輸了：他打賭能吃遍一家小飯館菜單上的菜，也的確幾乎都吃下去了，但菜單最後是各種不同的乳酪，吃到第三種時，他把盤子一推，說：「現在我寧可去死也不多吃一口！」

這些故事也獲得許多掌聲，顯示世界上到處都有酒徒、食客，因為每個人都認識這樣的英雄，知道要述說他們的成就。對某甲而言，那是「斯圖加特的一個男人」，對某乙來說，那是「一位輕騎士，我想，大概是在路德維西堡」，對某丙是十七顆馬鈴薯，對某丁則是油煎餅加沙拉。大家把這些特性非常認真地說出來，滿足地知道畢竟有許多美好的天賦，還有許多特異人士，其中也有很棒的怪人。這般的滿足和實際是每個餐館固定常客值得珍視的遺產，被年輕人所模仿，就像喝酒、談論政治、抽菸、結婚和死亡。

喝第三杯時有人問有沒有蛋糕可吃。他們把女酒保叫來問，得知沒有，沒有蛋糕，所有人都異常激動起來。奧古斯特站起來說，如果連蛋糕都沒有，那麼我們就可以到下一家去了。陌生的技工斥罵這可悲的餐館，只有那個法蘭克福人想留下，他和女酒保眉來眼去的，已經狠狠摸過她好幾把。漢斯把這些看在眼裡，那一刻和啤酒讓他奇怪地激動起來，他很高興現在要離開了。

付清酒飯錢之後，一行人走到街上，漢斯開始感覺到他喝下去的那三杯酒，那是種舒服的感覺，有點累，有點精神，也好像眼前有一層薄紗，讓一切顯得遙遠而失真，就像在夢裡看到的。他笑個不停，把帽子歪戴得更囂張一些，覺得自己就像個十分快樂的傢伙。那個法蘭克福人又用那種好鬥的方式吹著口哨，漢斯試著跟上他的拍子。

「銳角」裡相當安靜，幾名農夫喝著新酒。這裡沒有開桶的啤酒，只有瓶裝的，而他們每個人面前立刻擺了一瓶。陌生的技工想表現慷慨，為大家點了一大個蘋果蛋糕。漢斯忽然覺得很餓，接連吃了幾塊。他們坐在昏暗而舒適的棕色老酒館裡，坐在堅固寬敞的靠牆長條椅上。老式的餐具櫃和巨大的爐子消失在昏暗之中，在一只架著木棍的大鳥籠裡，兩隻山雀鼓著翅膀，一根長滿紅色野櫻莓的枝子當作飼料穿過木棍放著。

店主來到桌邊歡迎賓客。又過了一會兒才真正開始聊天。漢斯喝了幾口濃烈的瓶裝啤酒，好奇自己是否能喝完一整瓶。

那個法蘭克福人又開始肆無忌憚地胡謅，萊茵河谷的葡萄酒山慶典，流浪生活和買春生涯；大家開心地聽他說，就連漢斯也停不住笑。

漢斯突然注意到自己有點不太對勁兒，他總感覺房間、桌子、瓶子、玻璃杯和同伴都變成了一片溫柔的棕色雲朵，只有奮力振作起來時，這些東西才重新浮現形狀。談話和笑聲如果激烈起伏，他不時也跟著大笑或說些什麼，但是立刻就忘了。如果大家碰杯，他就跟著做，一個鐘頭之後他驚訝地發現自己的瓶子空了。

「你的酒量很好啊，」奧古斯特說：「要不要再來一瓶？」漢斯笑著點頭。他從前把喝酒想像成更危險的事。這時法蘭克福人開始哼一首曲子，所有人都想起這曲子，於是連漢斯也扯開嗓子一起唱。這期間整家餐館客滿了，店東女兒來幫女侍招待客人。她長得高䠷、漂亮，有張健康且結實的臉龐，和一雙安靜棕色的眼睛。

當她把新開的啤酒放在漢斯面前，旁邊坐著的技工就開始用他最華麗的讚美之詞轟炸她，她卻連聽都不聽。也許，為了表示自己不在乎，也可能因為喜歡那纖細男孩子的頭形，她轉向漢斯，並且用手很快撫過他的頭髮；然後又回到櫃台去了。

已經喝到第三瓶的技工跟在女孩後面，盡最大努力要和她說話，但是沒有結果。高大的女孩無動於衷地看著他，沒有任何回答而且立刻轉身背對他。技工於是回到桌邊，用空瓶子敲打著，接著突然興奮地大叫：「我們要快活，孩子們，乾杯！」

這時他開始說一堆下流的女性故事。

漢斯只能聽到一些模糊、混濁的聲音，當他幾乎喝完第二瓶酒時，開始覺得說話甚至連笑都很困難。他想走到山雀籠子旁邊逗逗鳥；但是才走兩步就開始頭暈，差點跌倒，因此小心地轉身回座。

從那時開始，他所釋放的愉悅逐漸減少。他知道自己醉了，而喝酒這件事也不再有趣。就像在遠方他看見所有不祥的事都在等著他：返家，和父親不愉快地吵架，以及明天一早又要進工廠，他的頭也逐漸疼了起來。

其他人玩得夠開心了。在腦子清醒的片刻，奧古斯特跑去付帳，找回沒幾枚銅板。他們說說笑笑地走到街上，傍晚的亮光讓他們張不開眼。漢斯幾乎站不穩，搖搖晃晃地靠著奧古斯特，讓自己被他拉著走。

外來的鉗工變得多愁善感，唱著〈我明天必須離開這裡〉，眼裡含著淚水。

其實他們想回家了，但是經過「天鵝」時，技工堅持走進去。在門外，漢斯掙脫開來。

「我必須回家。」

「你根本沒辦法自己走路。」技工笑著說。

「可以，可以，我必——須——回家。」

「那至少再喝一口嘛，小夥子！這能讓你站住腳，讓你的胃正常。沒錯，你看著好了。」

漢斯覺得手中有個小杯子，他搖晃溢出許多酒，剩下的就吞了下去，覺得有把火在咽喉燃燒，一陣強烈的噁心感搖晃著他。他一個人踉蹌地走下前梯，不知怎地走出村子。房子、圍籬和花園都歪歪扭扭地旋轉著，散亂地越過他身邊。

他躺在在一棵蘋果樹下的溼潤草地上，一陣不舒服的感覺，折磨的恐慌，模糊尚未成熟的想法阻止他入睡。他自覺髒兮兮又丟臉。他怎麼回家？該對父親怎麼說？明天又會如何？他覺得自己亂七八糟又可憐，就好像他必須永遠休息，入睡，覺得可恥。他的頭和眼睛都痛，覺得體內甚至沒有力氣讓自己站起來繼續前進。

突然間，剛才的歡樂如一陣遲來的、瞬間的波浪拍擊回來，他做了個鬼臉，然後自顧自地唱著：

噢妳這可愛的奧古絲汀，

奧古絲汀，奧古絲汀，
噢妳這可愛的奧古絲汀，
往事已盡。

他還沒唱完，內心深處有些什麼讓他痛苦，一陣模糊的想像和記憶、羞愧與自責的濁流湧出。

他大聲呻吟，哽咽地跌坐在草地上。

一個小時之後天色已黑，他起身，步履蹣跚而疲憊地往山上走。

吉本拉特先生因為孩子沒有回家吃晚餐咒罵了好一陣子，等到九點而漢斯依然還沒回家，他準備了一支很久沒用到的粗手杖。那小子難道以為他已經長大到不須理會父親的棒子了嗎？等他回家可得用這手杖好好歡迎他！

十點時他鎖上門，如果兒子想夜遊，他可以看看哪裡是他能停留的地方。

然而吉本拉特先生沒有入睡，而是帶著漸增的憤怒一個又一個小時地等著，等著有隻手試著轉動門鈕，然後畏縮地拉門鈴。他想像著這一幕——那個四處遊蕩的小子可以學到什麼！那個混小子可能喝醉了，不過他馬上就會清醒的，那個大膽的小子，陰險又可悲！他會拆散這小子渾身骨頭。

睡意終於戰勝他和他的憤怒。

同一時間，備受威脅的漢斯已經冰冷、安靜而緩慢地在黑暗的河流裡沿著山谷而下。噁心、羞愧和痛苦已經被帶走，冰涼、藍色的秋夜俯視著他幽暗而隨波逐流、瘦削的身體，黑色的河水逗弄著他的手和頭髮以及發白的嘴唇。沒有人看到他，除了在天亮前出發狩獵的水獺詭譎地看著，無聲地滑過他身邊。也沒有人知道他何以落入水裡。他或許迷路了，在陡峭的地方滑倒；也許他想喝水而失去平衡。或者美麗的河水有那麼片刻引誘了他，讓他俯身水面，而因為夜晚和月光如此寧靜、如此平和地望著他，疲勞和憂慮無聲地逼著他落入死亡的陰影。

白天人們發現了漢斯的屍體，扛著他回家。驚嚇的父親必須把手杖丟在一邊，放下積壓的憤怒。他雖然沒有哭，讓自己不受人注意，但是當天晚上他又醒著，有時從門縫看著他靜止不動的孩子，孩子躺在一張乾淨的床上，細緻的額頭和蒼白、聰慧的臉龐依舊，好似他有些特別，生來就有權享有與眾不同的命運。額頭和雙手的皮膚有些青紅破皮，俊俏的線條放鬆下來，眼睛上方是白色的眼瞼，沒有完全閉上的嘴巴看起來是滿意，幾乎是開心的。有人說這年輕人是在盛開中突然夭折，從可喜的道路被拉出來，父親在疲憊和寂寞的傷悲中也接受這種可笑的謊言。

葬禮吸引許多人來送葬，也有許多好奇的人。漢斯・吉本拉特又成了名人，每個人都對他感興趣，老師、校長和城裡的牧師又參與他的命運，一起穿著禮服，戴著正式的禮帽，跟隨著送葬隊伍，在墳地旁邊停留站立片刻，彼此低聲交談。拉丁文老師看起來特別哀傷，校長輕聲對他說：

「的確，教授先生，這孩子原本能有些成就的。最優秀的人常招禍事，這豈不是件悲哀的事？」

鞋匠弗萊格留在墳邊陪著哭泣不止的父親及老安娜。

「是啊，這實在太苦了，吉本拉特先生，」他感同身受地說：「我也很喜愛這孩子。」

「真的無法瞭解，」吉本拉特嘆息著：「他本來這麼有天賦，一切也都很順利，學校、考試——然後是接二連三的厄運！」

鞋匠指著那些經過教堂墓園大門、穿著禮服的人。

「那裡有幾位先生，」他輕聲說：「這些人也要為漢斯落到這地步負點責任。」

「什麼？」吉本拉特嚇了一跳，懷疑地盯著鞋匠：「老天，這話怎麼說？」

「鄰居先生，您靜一靜，我指的只是學校老師罷了。」

「怎麼會？怎麼回事？」

「啊，沒什麼啦。您和我，我們也許也對這孩子有所虧欠，您不這麼想嗎？」

小城上空是一片愉快的藍色天空，山谷裡的流水閃爍，冷杉樹山丘呈現柔和而渴望的藍色，一直蔓延到遠方。鞋匠哀傷地微笑著，挽起吉本拉特先生的手臂，吉本拉特先生因為這個時刻的平靜和奇怪痛苦的想法，猶豫而尷尬地向他習以為常的生活挫敗走去。

# 赫曼・赫塞年表

柯晏邾／彙整　主要資料來源／德國舒爾坎普出版社

一八七七　七月二日誕生於德國卡爾夫（Calw）。

父：約翰・赫塞（Johannes Hesse, 1847-1916），原籍俄羅斯愛沙尼亞，波羅的海地區傳教士，也是後來成立「卡爾夫出版聯盟」領導人，一八六九～七三在印度傳教。

母：瑪麗・袞德爾特（Marie Gundert, 1842-1902），當時聞名的印度學家、語言學家，也是傳教士赫曼・袞德爾特（Hermann Gundert）的長女。

一八八一～八六　與雙親定居瑞士巴塞，父親在巴塞教會學校授課，八三年取得瑞士國籍（先前為俄國國籍）。

一八八六～八九　全家返回卡爾夫定居，赫塞上小學。

一八九〇～九一　進入葛平恩（Göppingen）拉丁文學校就讀，準備參加伍爾騰山邦（Württemberg）的國家考試，以獲得圖賓恩（Tübingen）教會神學院免費入學資格。獲得獎學金後，赫塞必須放棄原有的巴塞公民籍，他的父親於是為他申請，於九〇年成為全家唯一具有伍爾騰山邦公民籍的家族成員。

一八九一～九二 進入茅爾布隆（Maulbronn）新教修道院，於七個月後中斷逃校，因為赫塞「只想當詩人」。

一八九二 四、五月進入波爾溫泉（Bad Boll）宗教療養中心療養，六月試圖自殺，之後被送進史戴登（Stetten）神經療養院直到八月。十一月進入堪史達特中學（Gymnasium von Cannstatt）。

一八九三 七月完成一年自願畢業考。

「變成社會民主黨人跑酒館。只讀我極力模仿的海涅作品。」

十月開始書商實習，三天就放棄。

一八九四～九五 在卡爾夫佩羅塔鐘工廠實習十五個月。計畫移民巴西。

一八九五～九八 在圖賓恩學習書商經營學。

九六年於維也納發表第一首詩《德國詩人之家》。

九八年十月出版第一本著作《浪漫詩歌》。

一八九九　開始寫作小說《無賴》（Schweineigel）（手稿迄今下落不明）。
散文集《午夜一點》（Eine Stunde hinter Mitternacht）於六月出版。
九月遷居巴塞，直到一九〇一年赫塞在此地擔任書商助理。

一九〇〇　開始為《瑞士匯報》（Allgemeine Schweizer Zeitung）撰寫文章與評論，這些文章比書「更有助於我在當地的聲名擴張，對我的社交生活頗多助益。」

一九〇一　三至五月首遊義大利。八月開始在古書店工作（直到〇三年春）。
出版《赫曼．勞雪的遺作與詩作》（Die Hinterlassenen Schriften und Gedichte von Hermann Lauscher）。

一九〇二　詩集於柏林出版，並題文獻給不久前去世的母親。
辭去古書店的工作。

一九〇三　將《鄉愁》（Camenzind）手稿寄給柏林的費雪出版社（Fischer Verlag）。
五月和攝影師瑪麗亞．貝努麗（Maria Bernoulli）訂婚，之後一同前往義大利。
十月開始在卡爾夫寫作《車輪下》（Unterm Rad）等（直到〇四年）。

一九〇四　費雪出版社正式出版《鄉愁》。
結婚，六月遷居波登湖畔（Bodensee）的該恩村（Gaienhofen）一個閒置農舍。
成為自由作家，為許多報章雜誌撰稿（包括《慕尼黑日報》、《萊茵日報》、《天真至極》（Simplicissimus）等等）。
一九〇五　出版研究傳記《薄伽丘》（Boccaccio）與《法藍茲．阿西西》（Franz Assisi）。
長子布魯諾誕生於十二月（Bruno Hesse, 1905-1999，畫家／插畫家）。
一九〇六　《車輪下》正式出版。
《三月雜誌》（März）創刊，是一份鼓吹自由、反對德皇威廉二世統治的雜誌，赫塞直到一九一二年都列名共同出版人。
一九〇七　出版短篇小說《人世間》（Diesseits）。在農舍附近另築小屋並入住。
一九〇八　出版短篇小說《鄰居》（Nachbarn）。
一九〇九　次子海納誕生於三月（Hans Heinrich Hesse, 1909-2003，裝潢設計師）。
一九一〇　小說《生命之歌》（Gertrud）在慕尼黑出版。

一九一一　三子誕生於七月（Martin Hesse, 1911-1969，攝影師）。
詩集《行路》（Unterwegs）在慕尼黑印行。
九月至十二月偕畫家友人一同前往印度。

一九一二　出版短篇小說《崎嶇路》（Umwege）。
和家人遷居瑞士伯恩，住進逝世友人也是畫家亞伯特・威爾堤（Albert Welti）的房子，此後終生未再返回德國。

一九一三　出版《來自印度，印度遊記》（Aus Indien. Aufzeichnungen einer indischen Reise）。

一九一四　費雪出版社三月出版小說《羅斯哈德之屋》（Roßhalde）。
第一次世界大戰爆發，赫塞登記自願服役，卻因資格不符被拒。
一五年被分發到伯恩，服務於「德國戰俘福利處」，直到一九年為法、英、俄、義各地的德國戰俘提供讀物，出版戰俘雜誌。
一七年成立專為戰俘服務的出版社，直到一九年為止赫塞共編輯了二十二本書，在德、瑞士及奧地利報章雜誌發表許多和平主義相關文章、公開信等。

一九一五　戰爭之初赫塞即公開發表一些反戰言論，此舉引起法國文學家、和平主義者羅曼・羅蘭（Romain Rolland, 1866-1944，是年獲頒諾貝爾文學獎）的共鳴，主動寫信向赫塞致意，兩人從此展開跨國際友誼。

一九一六　赫塞的父親逝世，妻子開始出現精神分裂症狀，最小的兒子罹患危及生命的腦膜炎，德國境內對赫塞的政治性抨擊日益強烈，最後導致赫塞神經不堪負荷，到瑞士琉森接受榮格（C. G. Jung, 1875-1961）的學生所進行的初次精神治療。

《德國戰俘報》及《德國戰俘周日報》創刊。

一九一七　德國國防部禁止赫塞出版批評時事的文字，開始以筆名愛米爾・辛克萊（Emil Sinclair）在報章雜誌發表文章、寫作。

在伯恩匿名出版政治性傳單《查拉圖斯特拉再現，一個德國人想對德國年輕人說的話》（Zarathustras Wiederkehr. Ein Wort an die deutsche Jugend von einem Deutschen）。

一九一九　四月和住進療養院的妻子分居，孩子交給朋友照料。

五月獨自遷居瑞士鐵辛邦（Tessin）蒙塔紐拉（Montagnola）的卡薩卡慕齊之屋（Casa

Camuzzi），直到一九三二年。

六月《徬徨少年時》（Demian）於柏林出版，以筆名愛米爾・辛克萊發表。

六、七月間以十個星期的時間完成短篇小說《克萊與華格納》（Klein und Wagner）。

七月首次前往卡羅納（Carona）拜訪提歐及麗莎・溫格（Theo & Lisa Wenger），進而結識後來的第二任妻子露特・溫格（Ruth Wenger, 1897-1994）。

八月間，赫塞的妻子瑪麗亞原本已另購屋舍，準備日後遷入，卻又再度被送往蘇黎世的精神病院。

十月拜訪蒙塔紐拉友人朗恩博士（Dr. J. B. Lang），並一同前往拜訪露特・溫格。

友人也是贊助者，對亞洲頗有研究的葛歐格・萊哈特（Georg Reinhart）先是提供每個月兩百瑞士法朗的資助，後來提高到每個月四百法朗。此時赫塞的財產因為當時德國通貨膨脹只剩下十分之一的價值。

十月底「愛米爾・辛克萊」獲頒馮塔納獎（Fontane-Preis），獎金六百德意志帝國馬克，後來奧托・佛拉克（Otto Flake）揭露辛克萊即為赫塞，於是歸還獎金。

一九二〇

十二月開始為《流浪者之歌》寫下研究筆記。

一月，在巴塞美術館展出水彩畫。

二月，開始寫作《流浪者之歌》。

四月，劇作《歸鄉人》（Heimkehr）第一幕發表。

瑪麗亞原本將兩個較長的孩子帶到身邊，不久後卻又再次被送進療養院。五月底，瑪麗亞擅自離開療養院，卻又被送往另一個精神醫院。六月終於離開精神醫院，落腳鐵辛邦的阿斯寇納（Ascona）。

八月，《流浪者之歌》初稿完成，之後停滯長達一年半。

九月二十六日與羅曼·羅蘭在瑞士盧加諾會面，之後羅蘭也常到蒙塔紐拉拜訪赫塞。

十月中至十一月中因鼻竇炎住院治療。

十二月結識後來為他寫傳記的雨果·巴爾（Hugo Ball）。

謄寫《流浪者之歌》第一部，將〈戈塔瑪〉一章寄給巴塞的地方報社刊登。

一九二一

二月前往蘇黎世接受榮格的心理分析，並且在榮格的「心理分析俱樂部」朗讀作品。

五月，露特・溫格到蒙塔紐拉拜訪赫塞。後來直到七月間多次接受榮格的心理分析。

七月，將《流浪者之歌》第一部正式題字獻給羅曼・羅蘭，發表於《新評論》（Neue Rundschau）。

七月初開始密集拜訪溫格一家，露特的父親強烈要求赫塞與露特結婚。

## 一九二二

一月於聖加侖（St. Gallen）演講印度藝術和文學。

二月，和愛米爾・諾德（Emil Nolde）聯展水彩畫。

威廉・袞德爾特（Wilhelm Gundert）返回日本途中順道拜訪赫塞。

三月底，赫塞終於重拾《流浪者之歌》第二部的寫作。

五月初完成《流浪者之歌》，五月底，赫塞將手稿寄給費雪出版社。美國詩人艾略特（T. S. Eliot）到蒙特紐拉拜訪赫塞。

六月底，瑞士詩人漢斯・摩根塔勒（Hans Morgenthaler）首次造訪赫塞。

八月十八日至九月二日，國際婦女聯盟在盧加諾召開和平會議，與會者包括喬治・杜阿美（Georges Duhamel）、羅曼・羅蘭、柏特蘭・羅素（Bertrand Russell）等人，赫塞於八月二十一日在大會中朗讀《流浪者之歌》完結篇。

十月，《流浪者之歌——印度詩篇》（Siddhartha, eine indische Dichtung）一書正式由柏林費雪出版社印行，首刷六千本。赫塞將該書手稿送給友人，也是另一位贊助人波德瑪（H. C. Bodmer）。

一九二三 出版《辛克萊筆記》（Sinclairs Notizbuch）。

六月正式和妻子離異。

一九二四 重新取得瑞士國籍。在巴塞著手準備出版企劃。

和露特·溫格結婚。

一九二六 被普魯士藝術學院推選為外部文學院士，三一年又主動退出：「我有種感覺，下一次戰爭發生，這個學院許多人將會蜂擁附和那些重要人士，就像在一九一四年一樣，這些大人物在國家公約裡就一切攸關生死的問題欺騙人民。」

一九二七 出版《紐倫堡之旅》（Die Nürnberger Reise）及《荒野之狼》（Der Steppen-wolf），同時由雨果·巴爾撰寫的第一本赫塞傳記在赫塞五十歲生日出版。

依照第二任妻子的願望，兩人離婚。

一九二八～二九　出版少量散文和詩集。

一九三〇　出版《知識與愛情》（Narziß und Goldmund）。

一九三一　遷入波德默（H. C. Bodmer）為他所建並供他餘生居住的房子。

和藝術史學家妮儂・多賓（Ninon Dolbin）結婚。

一九三二　《東方之旅》（Die Morgenlandfahrt）出版於柏林。

一九三二～四三　撰寫晚年巨著《玻璃珠遊戲》（Das Glasperlenspiel）。

一九三四　成為瑞士作家協會一員（該協會成立目的在於防禦納粹文化政策，並提供退休作家更有效的協助）。

詩集《生命之樹》（Vom Baum des Lebens）出版。

一九三九～四五　納粹德國政權將赫塞作品列入「不受歡迎名單」內，《車輪下》、《荒野之狼》、《觀察》（Betrachtung）、《知識與愛情》、《世界文學圖書館》（Eine Bibliothek der Weltliteratur）不得再版。原本費雪出版社計畫出版的《赫塞全集》被迫改在瑞士印行。

一九四二　費雪出版社無法取得印行《玻璃珠遊戲》許可。赫塞全集第一冊《散文詩》，在蘇黎世印行。

一九四三　自行在蘇黎世出版《玻璃珠遊戲》。

一九四四　納粹蓋世太保逮捕赫塞作品出版人舒爾坎普（Peter Suhrkamp）。

一九四五　出版《貝爾托德，小說殘篇》（Berthold, ein Romanfragment）、《夢幻之旅》（Traumfährte）（新的短篇小說和童話作品）。

一九四六　在蘇黎世出版《戰爭與和平》（Krieg und Frieden），收錄一九一四年以來有關戰爭和政治的觀察評論，之後赫塞的作品又得以在德國印行。

法蘭克福市授與「歌德獎」。獲頒諾貝爾文學獎。

一九五〇　赫塞鼓勵舒爾坎普成立自己的出版公司，此後赫塞作品都由該出版社發行。

一九五二　舒爾坎普出版社印製六冊的《赫塞全集》當作赫塞七十五歲生日的祝賀版本。

一九五四　《皮克托變形記，童話一則》（Piktors Verwandlung. Ein Märchen）出版於法蘭克福。《赫塞與羅蘭書信集》（Der Briefwechsel: Hermann Hesse – Romain Rolland）在蘇黎世出版。

一九五五　《召喚，晚年散文新篇集》（Beschwörungen, Späte Prosa / Neue Folge）出版，獲頒德國書商和平獎（Friedenspreis des Deutschen Buchhandels）。

一九六二　八月九日，赫塞逝世於蒙塔紐拉。赫曼赫塞作品集 E0503

赫曼赫塞作品集 E0503

**車輪下 Unterm Rad**

作者：赫曼・赫塞（Hermann Hesse）
譯者：林倩葦、柯晏邾

總編輯：黃靜宜
主編：張詩薇
協力編輯：陳錦輝
企劃：葉玫玉、叢昌瑜
封面設計：林小乙
內文版型設計：丘銳致
排版印刷：中原造像股份有限公司

發行人：王榮文
出版發行：遠流出版事業股份有限公司
地址：104005 台北市中山北路一段 11 號 13 樓
電話：（02）2571-0297
傳真：（02）2571-0197
劃撥帳號：0189456-1
著作權顧問：蕭雄淋律師
初版一刷：2015 年 7 月 1 日
初版四刷：2021 年 6 月 25 日
ISBN：978-957-32-7664-7
定價：新台幣 300 元


遠流博識網 http://www.ylib.com
e-mail:ylib@ylib.com

國家圖書館出版品預行編目（CIP）資料

車輪下／赫曼・赫塞 (Hermann Hesse) 著；林倩葦，柯晏邾譯. -- 初版. -- 臺北市：遠流, 2015.07
272 面；13.8 × 21 公分. --（赫曼赫塞作品集；E0503）
譯自 : Unterm rad
ISBN 978-957-32-7664-7（平裝）

875.57 104010539